# LE FILS D'ADOPTION,

OU

# AMOUR

ET

# COQUETTERIE.

# LE FILS D'ADOPTION ;

OU

# AMOUR

ET

# COQUETTERIE.

Traduction libre d'un roman allemand d'AUGUSTE LAFONTAINE, intitulé *Henriette Belman.*

Par Mme. ISABELLE DE MONTOLIEU.

---

Dans la foule et le bruit, une bouillante ivresse
Va d'erreurs en erreurs conduire la jeunesse.
Au milieu des travers, des écarts, du fracas,
On cherche les plaisirs, les plaisirs n'y sont pas ;
Pourquoi courir si loin, l'indulgente nature
Les a mis près de nous dans leur juste mesure ;
Mais vous ne rencontrez que leur masque trompeur
Quand vous chargez l'esprit des intérêts du cœur.

*La Coquette corrigée, par M. de la NOUE, scène sixième, acte second.*

---

TOME II.

A PARIS,
Chez DEBRAI, Libraire, place du Musée central des arts, N°. 9.

An 12.

# AMOUR
ET
# COQUETTERIE,
OU
# L'ENFANT D'ADOPTION.

## CHAPITRE PREMIER.

*Son bon génie*, répétait Wilhelm, en se promenant avec agitation ; ah, s'il lisait dans mon cœur, s'il y voyait l'image de son Henriette gravée en traits ineffaçables : heureux Adolphe, j'aurais donné je crois le reste de ma vie pour cette heure passée auprès d'elle, où tu t'enivrais des plus douces sensations de l'amour : il relisait le petit billet d'Henriette que son ami lui avait laissé, et ce billet lui paraissait s froid.

„Je vous en prie, Adolphe (lui disait-elle ) „ si mon père vous parle d'une
„ sonate que nous avons étudié ensem-
„ ble pour le jour de sa naissance,
„ dites que c'est bien vrai, et que c'est
„ l'unique cause du trouble où nous a
„ jeté sa présence inattendue. Je n'ai
„ trouvé que ce moyen, mon cher ami,
„ de n'être pas privée du plaisir de
„ vous voir.

Ah! pensait Wilhelm, l'amour tel que je l'imagine doit avoir un autre langage; peut-être Adolphe se trompe, peut-être n'a-t-elle pour lui que de l'amitié...... Ce billet ne veut rien dire, elle aime la musique et voilà tout : si elle avait de l'amour pour mon ami, aurait-elle pour moi ces égards si délicats, cette attention si bonne, si soutenue; moi je ne vois qu'Henriette dans le monde, toutes les autres jeunes filles me sont si indifférentes. Malgré lui il se glissait dans son cœur une espérance secrète d'être préféré. Si Adolphe ne voyait plus Henriette.... et rien n'était plus aisé ; il n'avait qu'à montrer ce billet à ses parens ; il était sûr que Ferdinand avertirait le ministre et que dès ce moment toute relation cesserait entre Adolphe et Henriette ; on aurait envoyé son ami à l'université, Henriette serait restée, il l'aurait vue tous les jours, et..... ce résultat faisait battre son cœur de la plus douce émotion, mais ce sentiment était mêlé d'un mécontentement pénible de lui-même.

Toutes ces réflexions traversaient rapidement son ame dans tous les sens, mais la générosité l'emporta ; il étendit la main dont il tenait le billet du côté de la demeure d'Adolphe, comme pour le prendre à témoin de sa résolution ; ensuite il déchira lentement le billet en s'écriant à haute voix „ quoi qu'il puisse en arriver, personne ne le verra, et mon cœur saura se taire. „

En se tournant il vit le trésorier et son frere qui étaient entrés depuis un moment, et qui le regardaient avec surprise.

Mon fils, lui dit Ferdinand, je crois que tu fais des choses qui ne sont pas bien; qu'est-ce que c'est que nous ne devons pas savoir ni mon frere ni moi, et ce billet de qui est-il?.... il est vrai que ton regard a l'assurance que donne l'innocence, Wilhelm, mais.......

— *Henri.* C'est ce regard, mon frere, qui me fait croire que nous l'avons surpris à faire une bonne action.

— *Ferdinand.* Une action noble, courageuse, je le crois; mais bonne, cela n'est pas aussi sûr. A l'âge de Wilhelm on croit bon tout ce qui exige de la force d'ame. Pourquoi ce mistere?

( En disant cela, Ferdinand se baissa pour ramasser les morceaux du billet. Wilhelm avec beaucoup d'embarras et de rougeur les couvrit avec son pied.) Vois cette physionomie, mon frere, continua Ferdinand en se relevant, crois-tu encore qu'il soit question d'une bonne action?

—*Henri.* Oui, la joie, la sérénité qui brillent dans ses *yeux*, ne se rencontrent pas avec une conscience coupable.

— *Ferdinand.* Si ce qu'il a dans le cœur n'est pas mauvais, ce qu'il a sous les pieds l'est surement.

—*Henri.* Wilhelm, mon fils, donne-moi les morceaux de ce billet.

Wilhelm ne pouvait prendre sur lui de resister au bon capitaine; il ramassa tous les morceaux, et les lui tendit, mais d'un air inquiet. Mon pere, lui dit-il, cela ne me regarde point, je vous l'assure, et j'ai donné ma parole que personne ne le lirait.

— Je ne le lirai pas, répondit le capitaine.

— Et moi je veux le lire, dit Ferdinand avec impatience; quels secrets peut avoir un jeune homme de cet âge? Je te dis qu'il y a là-dessous quelque chose qui n'est pas bien. Regarde son embarras, mon frere.

— *Henri.* Mais mon frere, n'avons-nous pas eu aussi nos petits secrets d'enfans, qui nous paraissaient d'une grande importance. Il dit qu'il a donné sa parole; quand tu m'avais confié un secret, mon frere, on m'aurait tué avant de me l'arracher. En disant cela il donna les morceaux du billet au trésorier. Ferdinand les prit et les déchira en plus petites parties qu'il jeta loin de lui; je suis sûr, dit-il, que nous faisons une sottise, *mon cœur saura se taire*, disait-il, quand nous sommes entrés, conviens que cela suppose un mystere qui pour son âge..... parie, ajouta-t-il après un moment de silence, que le maître à danser est pour quelque chose là-dedans. Cet homme a la physionomie la plus basse que je connaisse; je voudrais que l'un de nous deux, mon frere, s'amusât à lui brûler la cervelle. As-tu vu l'air patelin avec lequel ce drole parle aux jeunes gens? Et les jeunes filles, comme il les regarde et s'en fait regarder! C'est un vrai scélerat, te dis-je.

—*Henri.* Ce terme est trop fort, mon frere; comment peux-tu décider sur la seule physionomie d'un homme que c'est un *scélerat*? tu ne le devrais pas même quand tu connaîtrais quelques mauvaises actions de sa vie.

—*Ferdinand.* Non, mon frere, je le jugerais sur ses actions moins que sur sa physionomie. Un homme honnête dans le fond peut être entraîné à des choses répréhensibles, mais c'est une habitude de mauvaises actions qui forme la physionomie d'un scélerat. Par exemple, mon frere, ce..... et il allait suivant sa coutume chercher par un exemple à rendre vraisemblable ce qu'il ne croyait pas lui-même.

Ferdinand, Ferdinand, prends garde à toi, lui dit son frere en l'interrompant. Cette apostrophe fit appercevoir au trésorier qu'il soutenait une thèse exagérée.—Il y a sans doute des exceptions, reprit-il d'un ton plus doux, cependant lorsqu'on a sous les yeux une monnaye battue par le diable, il est aisé d'en discerner le coin.

— *Henri.* Heureusement cette monnaye est rare, mon frere, et notre maître de danse......

—*Wilhelm.* Est un méchant homme,

comme dit papa Ferdinand, c'est le diable qui a formé son cœur.

— *Ferdinand.* Ah, ah ! tu l'entends, mon frère, avais-je tort ? Parle, mon fils, dis ce que tu sais de ce méchant homme. Je suis bien aise, je l'avoue de pouvoir une fois prouver à mon frere que j'ai raison. Parle donc Wilhelm.

Wilhelm se tut et baissa les yeux. Mon fils, lui dit le capitaine, quand il est question du caractere d'un homme quel qu'il soit, on ne doit rien hazarder sans preuve. Dis nous ce que tu sais contre celui-là ?

— *Wilhelm.* Je sais que c'est un méchant, papa capitaine, je vous l'assure et ce billet le prouve.

— *Ferdinand.* Et sa physionomie, mon frere, et ses machoires qui se déboîtent ; elles me donnent toujours l'idée d'un crocodile ; c'est ainsi qu'il doit ouvrir la gueule lorsqu'il veut saisir sa proye. Toutes les fois que je le regarde entre les deux yeux, il détourne les siens comme un criminel qui va entendre sa sentence de mort, et il cherche à cacher sa conscience coupable sous un rire grimacier que je trouve effroyable.

— *Henri.* Explique-toi donc, Wilhelm, tu dis qu'il est un méchant homme, pourquoi l'est-il, et qu'a-t-il fait ? Wilhelm réfléchit un instant ; cet homme, dit-il, mais ne me demandez pas qui c'est, ni comment cet homme a voulu entraîner au mal un cœur innocent et pur.

— *Ferdinand avec joie.* Eh bien ! mon frere, tu l'entends, le voila cet homme aux cinq positions, avec sa voix criarde et tremblante, plus fausse encore que son violon. Eh bien, Wilhelm, qui donc a-t-il voulu séduire ?

— *Wilhelm.* Je vous ai prié de

ne pas m'interroger, et je ne dirai plus un mot. Mais si vous me le permettez, mon pere, je lui dirai à lui-même que vous voulez lui brûler la cervelle, et il s'en ira bien vite, j'en réponds.

— *Ferdinand.* Tu n'y penses pas Wilhelm. Sans doute il faut qu'il s'en aille, et je le lui dirai bien moi-même. Wilhelm éprouvait un combat intérieur; il avait promis à son ami d'être son génie tutélaire, il fallait donc empêcher que ce vil maître de danse ne le trahît auprès du ministre et du trésorier, ou ne l'entraînât dans quelque fausse démarche. Il faut qu'il parte et dès aujourd'hui, dit-il vivement, il pourrait encore faire bien du mal.

Eh bien! dit Ferdinand, je suis d'avis de le laisser congédier par Wilhelm, nous verrons s'il n'est pas aussi lâche que méchant, et s'il ne se laissera pas chasser par un enfant de quinze ans et par sa mauvaise conscience ; c'est une expérience à faire ; vous verrez si j'ai connu l'homme. Toujours le même, mon frere, dit le capitaine en sortant de la chambre. Wilhelm conjura le trésorier de confirmer la permission qu'il venait de lui donner de congédier cet homme, et Ferdinand lui en donna l'ordre positif.

Qu'avez-vous fait, dit Wilhelm, d'un air alarmé, au maître à danser qu'il rencontra en sortant, Adolphe a montré à mon pere un billet que vous lui avez remis ; mon pere indigné contre vous a écrit à Mr. Belman. Je vous conseille de ne pas vous laisser voir, et de songer à votre sûreté. Mon pere a chargé un pistolet, et il a juré......

Le maître à danser l'interrompit en tremblant ; mon petit ami, lui dit-il, procurez-moi je vous prie mon surtout que j'ai laissé dans votre maison, et bien vite, s'il vous plait. Wilhelm alla chercher le surtout; le maître à danser enfila une petite rue, sortit du village, et prit à grands pas le chemin de la petite ville où il demeurait. Quand il crut n'avoir plus rien à craindre du terrible trésorier, il se retourna du côté du village, maudissant Adolphe, Henriette, *et les amans*, et les peres..... Il jura qu'il se vengerait.

---

## CHAPITRE II.

Mr. Belman avait feint d'être satisfait des explications que lui avait donné sa fille ; mais ce qu'il avait entrevu ne pouvait s'effacer de sa tête. Il fit cesser les répétitions de musique, et le départ subit du maître à danser interrompit les leçons de danse. Il parla en particulier à Henriette, lui développa avec ordre et systême tout le chapitre de l'amour, lui montra comment cette passion prenait naissance, et combien elle était peu dangereuse lorsqu'on en connaissait le danger, mais aussi comment elle pouvait égarer une jeune fille qui n'aurait pas appris à réfléchir ; en vérité, Henriette lui dit-il, en terminant son long discours, il serait honteux que ce jeu du cœur et de l'imagination fut pour ma sage

Henriette, autre chose qu'un jeu: tu connais à présent cette passion par tout ce que je viens de t'en dire, et elle ne peut plus avoir de danger pour ton cœur. Je t'ai donné une éducation telle que bien peu de jeunes filles en ont reçue, et tu as assez d'esprit et de génie pour te faire un jeu de ce qui serait dangereux pour d'autres. Avec tous les avantages que tu possedes, tu n'es pas destinée à devenir la femme d'un homme pauvre et insignifiant, tu as des titres à de plus grandes espérances; aye soin seulement d'observer ton cœur, et de lui donner pour règle constante, les loix de la circonspection et de la décence.

Henriette fut très-flattée de la confiance que lui témoignait son pere, et charmée d'apprendre qu'on pouvait jouer avec cette dangereuse passion; elle compara la peinture qu'il venait de lui faire de l'amour avec ce qu'elle avait ressenti, et comme il avait beaucoup exagéré les traits du tableau, elle conclut que ce qu'elle éprouvait pour Adolphe n'était point de l'amour. Son imagination s'occupa beaucoup aussi des brillantes espérances que son pere lui avait présentées; *mes talens, mon esprit, mon génie*, répétait-elle en relevant la tête avec orgueil, et cette figure, ajoutait-elle, en jetant un coup-d'œil au miroir ! Alors une foule d'idées confuses de grandeur, de richesses, peu analogues aux sentimens de son jeune cœur, venaient travailler sa tête; *jouer avec cette passion*, elle souriait à cette idée qui lui permettait l'amour sous l'empire de la raison; elle songeait avec un sentiment confus de plaisir à l'amour d'Adolphe, mais elle en était moins occupée que des plans de son pere pour sa grandeur future.

Dans cette espece de lutte entre son cœur et sa tête, elle ne prenait aucun parti décisif, et si elle pensait quelquefois à rompre tout-à-fait avec Adolphe pour obéir à son pere et à la vanité, un sentiment plus doux, plus naturel à son âge, la faisait balancer.

Cette indécision, ces doutes étaient évidemment une suite des instructions de son pere. Mais qu'aurait-il pu faire de mieux? Au moment où le cœur d'une jeune fille s'éveille, est-il aisé à un pere, quelque habile, qu'il soit, de trouver précisément ce qu'il faut lui dire? S'il laisse à l'amour cette forme divine dont l'imagination de sa fille l'a décoré, il est bien dur alors d'exiger d'elle qu'elle repousse ce beau don du ciel; s'il lui représente l'amour comme un enfant des sens et de la vanité, il court le danger d'inspirer le goût de la légéreté et de la coquetterie. Belman crut avoir fait ce qu'il devait faire, et n'imagina pas qu'Henriette put joindre à ces mots, *jouer avec cette passion*, une autre idée que c ll e qu'il y attachait lui-même. Il continua ses instructions sans s'appercevoir qu'en lui donnant des regles sur la maniere d'éviter l'amour, il lui donnait un systême complet de coquetterie : à la vérité, il parlait de l'amour en général, mais comme il arrive toujours, Henriette appliquait tout à sa situation particuliere, et quand son pere disait *l'amour*, elle pensait *mon amant*. Mr. Belman qui s'apperçut de ce qui se passait dans la tête de sa fille, voulut revenir en arriere, et faire des exceptions ; il chercha à concilier avec la morale et la sensibilité, les leçons qu'il lui donnait sur les moyens d'engager quelque homme riche et considéré à demander sa main ; mais il avait de la peine à se tirer de là ; il sentait lui-même tout le faible de sa doctrine ; cependant comme Henriette ne lui faisait pas d'objections, et qu'elle écoutait avec avidité tout ce qu'il lui disait, il finit par se calmer sur ses scrupules ; il est rare qu'on en ait longtems sur ce qu'on désire, et Belman ne désirait rien avec plus d'ardeur que de voir son Henriette établie suivant ses projets.

Henriette fut un peu surprise de l'ordre positif qu'elle reçut de son pere, en terminant sa leçon, de cesser les heures de musique avec Adolphe. Elle lui attribua aussi l'interruption des leçons de danse, et le départ du maître....et cependant il lui avait témoigné tant de confiance ! Pourquoi donc à présent se défier d'elle ? Il y avait donc beaucoup à rabattre des triomphes qu'elle avait obtenus, et des éloges qu'on lui avait prodigués ; pourquoi la traiter comme un enfant après lui avoir parlé comme à une personne formée et raisonnable? Elle s'était fait une fête de montrer à son pere qu'elle méritait sa confiance et ses éloges, et à présent il lui ôtait toutes les occasions de faire ses preuves; dans ses instructions il lui avait répété mille fois que la contrainte ne devait s'employer qu'avec les enfans indociles et déraisonnables, et que si les parens avaient des droits, les enfans en avaient aussi. C'était une des thèses favorites du ministre qui avait cru par là piquer d'honneur sa fille et hater les progrès de sa raison. Mais dans cette occasion il agissait d'une maniere si contradictoire à ce principe que sa fille se révolta intérieurement contre lui, trouva qu'il se conduisait à son égard avec fausseté et cruauté, et commença à se servir envers lui des armes que lui-même lui avait mises entre les mains. Son pere lui dit bien que c'était le trésorier qui avait congédié le maître de danse, parce qu'il lui déplaisait, mais elle ne le crut pas et fut encore plus piquée de ce qu'on voulait la tromper.

Par une confiance entiere Mr. Belman aurait fait ce qu'il aurait voulu de sa fille qui avait de la raison et de la docilité, mais la demi confiance que l'on montre ordinairement aux enfans est plus nuisible qu'une défiance décidée; ils sont plus piqués de ce qu'on leur cache que flattés de ce qu'on leur dit; ils croyent qu'on veut les tromper, et ils opposent fausseté à fausseté.

Ce ne fut pas cependant tout-à-fait le parti que prit Henriette. Seulement elle ne témoigna pas son dépit, elle ne dit pas un mot sur la privation des leçons de musique et de danse; elle continua ses exercices de clavecin avec la même ardeur et répétait toute seule les pas qu'elle avait appris ; elle parlait peu d'Adolphe, et quand cela lui arrivait c'était avec le ton le plus naturel de l'indifférence ; elle ne profita d'aucune des occasions qui se présentérent de le voir et de lui parler ; elle voulait par cette conduite prouver à son pere que toutes ses précautions de prudence étaient inutiles, et qu'elle n'avait besoin que de sa propre raison. Mais, dans le fond de son cœur elle sentait qu'Adolphe ne lui était point indifférent, elle regrettait sa société, ses doux propos, ses regards expressifs, son violon; elle sentait qu'en lui ôtant tout cela, on l'avait privée d'un des plus grands plaisirs de sa vie, et elle avait de la peine à pardonner à son pere cette privation.

Elle était encore plus mécontente d'Adolphe dont elle n'entendait plus parler, et qui ne faisait aucune tentative pour chercher à la voir ; elle ne le trouvait dans aucun des endroits où elle aurait pu espérer de le rencontrer. Cette conduite était impardonnable ; au bout d'un mois son pere eut regagné toutes ses affections, et Adolphe seul fut l'objet de son mécontentement; elle en vint même à désirer de le rencontrer afin d'avoir occasion de le traiter avec indifférence et dédain, mais cette occasion ne se présentait pas.

Wilhelm avait fait pendant ce tems là des réflexions peu favorables à son amour pour Henriette ; son ami était aimé, cela ne lui parut pas douteux, et il résolut de renfermer à jamais son sentiment au fond de son cœur s'il ne pouvait en triompher. Il pria un jour le vieux Buchling de lui confier la clef du monument d'Elisabeth, et il y conduisit Adolphe ; la confiance, dit-il à son ami, que Mlle. Henriette a témoigné à cet homme méprisable, est une suite du mystere que vous avez mis dans tout ceci ; dis-moi ce que tu voudras Adolphe, le mystere est toujours une mauvaise chose.

Mais comment donc aurais-je pu faire, dit Adolphe, le pere est un homme orgueilleux qui fait peu de cas des affections du cœur, et qui ne nous aime ni toi ni moi ?

Oh! reprit Wilhelm, en regardant son ami, et lui montrant la statue d'Elisabeth, cette femme a su se taire et mourir.

Si l'histoire est vraie, Wilhelm, dit Adolphe d'un ton un peu moqueur.

Vraie ou fausse, repondit Wilhelm d'un air mécontent, c'est égal ; qu'il ait existé une comtesse Elisabeth et qu'elle se soit conduite ainsi, peu m'importe on peut aimer et se taire, voilà ce que je crois, et ce que je sens,

ajouta-t-il,

ajouta-t-il, en posant la main sur son cœur.

Les deux amis s'assirent sur les marches du monument, et continuerent une discussion animée sur ce sujet. A toutes les objections que faisait Adolphe, Wilhelm finissait toujours par répondre : rien n'est trop difficile à celui qui ne craint pas de mourir ; il lui parla vivement des droits de Belman sur sa fille et du mystere qu'Henriette et lui avaient mis dans leur amour ; il finit par poser en fait qu'Adolphe ne pouvait voir Henriette, ni lui parler, ni même lui écrire sans l'aveu de ses parens. Le cœur du jeune amoureux se refusait à cette idée, et sa tête encore plus.

Crois-tu, lui demanda Wilhelm, que mes parens adoptifs soient des hommes sages, bons, nobles ? soumettons-nous à leur jugement, comme je fus sur le point de le faire le jour du billet où j'étais si embarrassé, tu verras que leur opinion est la même que la mienne.

Sans doute, dit Adolphe tristement, mais que dois-je faire, dit Wilhelm; que puis-je faire?

Wilhelm répondit vivement: se taire, travailler sans relâche, chercher à t'élever, et alors..... alors.....

— Et si dans l'intervalle, demanda Adolphe d'un ton douloureux.... si Henriette? ....— Dis lui à la premiere occasion encore une fois que tu l'aimes, et quels sont tes projets; mais il faut que ce soit de l'aveu de son pere.

Aldolphe secoua tristement la tête, il appuya ensuite son front contre le monument et resta quelques instans en silence; son imagination saisissait avec force l'idée de travailler pour obtenir Henriette, pour s'élever jusqu'à elle: oui, Wilhelm, s'écria-t-il avec feu en se levant et posant sa main sur le marbre, je veux me taire comme ce monument, je veux travailler sans relâche, et ensuite....... ensuite, Wilhelm, cher Wilhelm! ton ami sera le plus heureux des hommes, ou ton ami saura mourir.

Deja le silence ne lui paraissait plus un assez grand sacrifice; il aurait voulu en faire de plus douloureux; de quelles grandes résolutions n'est pas capable l'ame ardente d'un jeune homme exalté; quels sacrifices sont trop forts pour elle! Adolphe dès ce moment ne sortit presque plus de chez lui, et même quand il allait voir son ami Wilhelm, c'était pour travailler avec lui: il ne voyait point Henriette, et il évitait même de passer devant sa maison; une fois seulement par semaine, le samedi soir, lorsque sa mere l'envoyait ouvrir l'Eglise pour la faire balayer, il montait au clocher et regardait depuis le sommet Henriette qui travaillait près de sa fenêtre ; toutes les fois qu'il l'avait apperçue de cette maniere il sentait s'affaiblir un peu le projet de se taire, mais son ami lui rendait par ses conseils de nouvelles forces.

Du reste tout était rentré à peu-près dans l'orniere accoutumée. Henriette ne pensait plus au sujet de mécontentement que lui avait donné son pere, le désir de revoir Adolphe s'était tout-à-fait affaibli, et Adolphe lui-même oublia un samedi de monter au clocher. Cependant un léger incident vint réveiller cette flamme expirante.

Depuis l'affaire du billet, Ferdinand avait examiné Wilhelm avec soin, et il apperçut chez ce jeune homme différentes choses qui avaient existé auparavant, mais auxquelles il ne faisait nulle attention, parce qu'il était toujours occupé exclusivement d'une seule idée. A présent c'était celle de pénétrer cette histoire du billet ; *mon cœur doit se taire*, avait dit Wilhelm. A force de commenter cette phrase, il en conclut que Wilhelm était amoureux ; mais de qui ? On ne s'appercevait pas qu'il distinguat aucune jeune fille de l'endroit. Depuis que les leçons de danse étaient finies il n'en voyait même plus ; mais nous savons que lorsque Ferdinand s'était mis une idée dans la tête, rien ne pouvait la lui ôter ; il n'en fut donc pas moins convaincu que Wilhelm était amoureux, et il communiqua ses soupçons au capitaine. Celui-ci n'en voulut rien croire ; quel conte me fais-tu là, lui dit-il ; Wilhelm est à peine sorti de l'enfance ?

L'enfance, mon frere, finit pour le cœur, souvent bien plutôt que nous ne le calculons ; un seul ton du chant voluptueux du rossignol suffit quelquefois, pour l'éveiller, et alors le cœur chante de lui-même l'air tout entier. Malheureusement la plupart des parens ne croyent pas que le cœur puisse parler longtems avant la raison. Je parie, moi, que plus d'une jeune fille avec sa poupée sous son bras, pense à toute autre chose qu'à sa poupée.

Le capitaine secoua la tête, leva les épaules, ne dit rien; voila, pensait-il, les exagérations de mon frere, et Ferdinand persista dans son opinion.

Un soir qu'il était chez le ministre Belman, et qu'on parlait de la danse et du maître à danser, le trésorier lui demanda s'il n'avait pas remarqué à laquelle des jeunes filles Wilhelm donnait la préférence, et il lui raconta l'histoire du billet déchiré, ce que Wilhelm avait fait, ce qu'il avait dit, et le renvoi du maître à danser. Je ne pouvais supporter cet homme là, dit-il au ministre, c'était mon antipathie, et jamais je n'allais aux leçons ; mais vous qui n'en avez pas manqué une, vous pouvez peut-être m'éclairer.

Belman souriait de plaisir de trouver enfin une occasion de blâmer ouvertement la mauvaise méthode d'éducation du trésorier, et parla beaucoup sur ce sujet, il prophêtisa que l'imagination exaltée de Wilhelm, et son cœur trop susceptible lui causeraient mille chagrins pendant toute sa vie ; qu'à présent même, il était déja au bord du précipice, et qu'on aurait pu éviter tous ces malheurs, en lui donnant, comme il avait fait à sa fille, le contrepoids d'une raison ferme et éclairée.

Ferdinand qui avait à l'ordinaire la replique assez vive, se tut dans cette occasion pour la premiere fois ; il était question du bonheur de son fils chéri, et il fut effrayé des prophéties du ministre ; il ne pouvait nier que le cœur et l'imagination de cet enfant ne saisissent les objets avec une trop grande vivacité : mais que faire à présent, mon cher pasteur, dit-il d'une voix adoucie, comment modérer cette flamme que je ne voudrais cependant pas éteindre ? Car il faut que son cœur conserve le principe de cette chaleur, dût-elle le faire souffrir quelquefois. Il n'était pas encore arrivé au ministre d'être consulté sur des objets de cette nature ; il en fut très fier, et fit un long discours sur le danger du reveil précoce du cœur, même chez les enfans qui sont élevés suivant toutes les règles de la prudence; on peut cependant, ajouta-t-il d'un air de triomphe, se rendre maître aisément du cœur de son enfant avec un peu de soin et d'attention.

Ah ! dit Ferdinand d'un ton sérieux,

cela n'est pas toujours si aisé, ni si sûr, mon cher pasteur ; feu mon pere était un homme d'un grand sens, il avait la tête bonne, et l'œil très-clairvoyant; mais sur l'article dont il est question, j'ai toujours été plus fin que lui ; je n'ai pas honte de vous dire que dans ma jeunesse j'avais beaucoup de traits de ressemblance dans le caractere avec notre Wilhelm ; il serait vraiment mon fils qu'il n'y aurait pas plus de rapport entre nous. Mon cœur aussi a senti de très-bonne heure le pouvoir de l'amour. Mon pere qui s'en apperçut, voulut enchaîner le jeune lion ; je me laissai mettre la chaîne, mais je fis comme le renard qui reste pendant le jour tranquille dans ses liens, et sait s'en débarrasser pendant la nuit. Je n'ai jamais rien fait cependant dont j'aie eu à rougir.

Votre pere ne sut pas s'y prendre,

répondit le ministre en souriant, c'est moi qui vous le dis; rien de plus aisé que de donner des chaînes sûres au cœur d'un enfant.

Au nom du ciel expliquez-moi comment? dit Ferdinand.

Mr. Belman voulut lui donner un exemple de cette possibilité, mais avant de commencer, il jeta un regard sur Henriette, qui était profondément occupée d'un livre français qu'elle traduisait. Ferdinand fit aussi quelques signes en la regardant, mais elle paraissait si absorbée par son ouvrage que ces deux messieurs crurent qu'avec la précaution de se rapprocher et de parler plus bas, ils ne pourraient être entendus. Son pere, sans la nommer, raconta alors au trésorier sa propre histoire, et comment il s'était conduit avec elle.

Mais vous me parlez-là, dit Ferdinand, d'un petit oison qui ne s'est pas apperçu qu'on le bridait.

Le ministre répliqua, s'échauffa. Le trésorier contredit. Enfin Belman, en montrant Henriette; ma fille, dit-il à demi-voix..... ma fille elle-même, vous ne direz pas j'espere que c'est un oison; eh bien! elle a été sur le point de s'égarer dans une fausse route.

Votre fille, répliqua Ferdinand avec un air de doute, elle n'a pas l'air de se laisser tromper aisément.

Vous ne croiriez pas, reprit le ministre, combien sur de certains sujets les enfans les plus intelligens s'en laissent imposer avec facilité.... il ajouta quelque chose encore d'un ton plus bas. Dans ce moment le dictionnaire d'Henriette tomba par terre, elle se baissa pour le relever, et déroba ainsi à leurs yeux le mouvement de colere dont elle avait été saisie, en entendant son pere dire au trésorier que c'était l'histoire de sa fille qu'il lui avait racontée. Ferdinand rit, la regarda ; elle se leva, et sortit pour cacher son dépit.

Elle n'avait pas perdu un seul mot de la conversation, et deux circonstances sur-tout lui avaient paru remarquables ; l'une, c'est que Wilhelm aussi était amoureux ; l'autre, de s'en être laissé imposer par son pere comme une petite fille ; le mot du trésorier, *vous me parlez là d'un petit oison, qui ne s'est pas apperçu qu'on le bridait*, la faisait rougir de honte et de colere. Elle alla se promener dans son jardin et repassa dans sa tête chaque mot de l'étrange conversation qu'elle venait d'entendre ; quelle était la jeune fille que Wilhelm aimait ; qu'est-ce que c'était que ce billet dont Ferdinand avait parlé, qu'il appellait un billet d'amour, et que Wilhelm cachait avec tant de soin? Etait-ce à cette occasion qu'on avait renvoyé le maître de danse?

Pourquoi Wilhelm cachait-il si fort son amour? C'était elle bien sûrement qu'il aimait; quelle autre jeune fille était assez jolie, assez aimable pour faire impression sur lui? Elle le voyait encore debout dans un coin du salon attacher sur elle des regards enflammés, suivre de l'œil ses pas, ses mouvemens ou s'approcher d'elle avec un respect timide et lui répondre en rougissant lorsqu'elle lui adressait la parole.... oui, oui, sans doute, c'est elle que Wilhelm aime avec passion dans le secret de son cœur et en silence..... mais ce billet — elle ne lui avait jamais écrit. Elle composa bien vite un petit roman qui expliquait tout à la satisfaction de sa vanité feminine; ce billet était d'Adolphe qui sacrifiait son amour à celui de son ami et paraissait la négliger pour ne pas exciter la jalousie de Wilhelm &c.

Ce n'était pas un petit triomphe pour elle de se voir l'héroïne de ce roman et de jouer déja un rôle aussi important ; mais d'un autre côté elle était affectée désagréablement d'être le petit *oison bridé* que son pere menait comme il voulait ; elle éprouvait un grand desir de lui prouver qu'il n'était pas aussi aisé de la tromper qu'on l'imaginait, et elle songeait deja aux moyens qu'elle pourrait employer pour parler en secret à Adolphe. Il s'en présenta plusieurs à son esprit ; le dimanche elle n'allait pas toujours à l'église ; son pere y était en fonction ; sa mere grande admiratrice des sermons de son mari n'en manquait pas un, et quelquefois on laissait Henriette pour garder la maison ; rien ne l'empêchait alors d'ouvrir la porte du jardin qui donnait dans la rue, et rien de si aisé pour Adolphe que de s'y glisser sans être apperçu..... Elle pouvait aussi le rencontrer *par hasard* dans un bois de bouleau près du village ; il était très-épais, peu fréquenté, et Henriette s'y promenait assez souvent pour étudier avec moins de distractions. Elle pouvait encore le trouver *par hasard* chez la vieille mere de la fille qui les servait ; elle y allait deux fois la semaine lui porter de petits secours avec l'aveu de ses parens ; les Buchling étaient aussi très-charitables et pouvaient y envoyer Adolphe.... Il fallait bien aussi qu'on la laissât de tems en tems aller voir la fille du juge, et Adolphe y allait souvent avec son violon...... Enfin, Mr. Belman allait se coucher tous les soirs à dix heures précises et la laissait veiller jusqu'à onze dans le jardin, ou sur un banc placé devant la porte de la maison ; Adolphe pouvait entrer à neuf heures dans le jardin sans aucune crainte d'être rencontré par le ministre qui craignait l'air du soir et ne sortait jamais de la maison, ni par Mad. Belman qui lui tenait fidèle compagnie ; quant à elle, on lui permettait de veiller au jardin, elle y portait sa harpe et chantait en s'accompagnant. Cette musique à laquelle ses parens étaient accoutumés pourrait lui servir de signal pour avertir Adolphe qu'elle était seule..... Voilà bien des moyens, pensait-elle en souriant, entre lesquels je n'aurais qu'à choisir si je le voulais; mais non je n'en ferai rien..... il ne tiendrait qu'à moi cependant, et le petit *oison* n'est pas si *oison* ni si *bridé* qu'on le pense. Elle éprouvait un desir ardent de voir Adolphe au moins une fois, quand ce ne serait que pour avoir avec lui une explication sur ce billet et sur l'exclamation de Wilhelm, *mon cœur saura se taire*. Elle se rappella enfin qu'elle devait *absolument* une visite à la fille du juge, et pour y aller elle passa devant la maison du chantre..... chemin qu'elle ne prenait jamais parce qu'il était beaucoup plus long.

La mère d'Adolphe était dans sa cour occupée à cueillir des fleurs de tilleul, Henriette la salua en passant et lui en demanda pour son pere ; la bonne femme alla tout de suite chercher une chaise et monta dessus pour atteindre les plus belles fleurs. Henriette debout à côté ; tenait la chaise ; ses yeux suivaient la main qui cueillait les fleurs et son oreille était bien plus attentive encore aux sons du violon d'Adolphe, qui jouait dans sa chambre dont la fenêtre était entr'ouverte ; il jouait de fantaisie et passait successivement des modulations les plus vives et les plus hardies à des mélodies douces et tendres ; bientôt il chanta d'une belle voix de tenor le couplet suivant qu'il accompagna de son violon.

ROMANCE.

Ier. *Couplet.*

Oublier celle que j'adore,
Ah ! plutôt souffrir mille morts;
Non, mon amour s'augmente encore
De mes inutiles efforts.
Pour elle rien n'est impossible,
Mais l'oublier, mais l'oublier,
Non, non jamais; mon cœur sensible
Ne veut pas même l'essaier.

Entendez-vous, dit la mere à vóix basse, entendez-vous mademoiselle ? c'est mon Adolphe, il est à présent dans ses heures poëtiques, comme dit le grand pere, il fait ces chansons lui-même au moins, et sur le moment. Croiriez-vous, mademoislle, qu'il est si pénétré du feu de la composition que les larmes lui viennent souvent aux yeux lorsqu'il chante ainsi. Adolphe qui pendant ce tems avait joué une ritournelle plaintive, continua de chanter.

II. *Couplet.*

» Cruels qui me l'avez ravie
» Otez-moi la clarté du jour.
» Prenez ma liberté, ma vie,
» Et qu'on me laisse mon amour.
» A cet amour tout est possible,
» Mais l'oublier, mais l'oublier
» Non, non jamais; mon cœur sensible
» Ne veut pas même l'essayer.

Il se tut et tira de son violon des sons si tristes, si touchans, que sa mere elle-même qui en avait l'habitude, en fut émue, et bien plus encore la jeune fille qui se reconnaissait pour celle qu'on ne pouvait pas oublier. Elle mit une main sur son front pour cacher les larmes qui coulaient de ses yeux; elle sentait qu'elle ne pouvait pas prononcer une parole sans que le tremblement de sa voix la trahit. La bonne femme descendit de sa chaise et offrit à Henriette les fleurs de tilleul ; elle en prit une poignée, s'essuya les yeux, fit une inclination de tête pour remercier , et partit sans dire un mot. La mere d'Adolphe la regarda aller avec étonnement ; un moment après son fils vint la joindre ; tu as joué et chanté plus tristement encore qu'à l'ordinaire, lui dit-elle , j'étais sur le point de pleurer, mais Mlle. Henriette qui était là tout à l'heure a pleuré tout de bon, de grosses larmes coulaient de ses yeux pendant ta musique.

Pendant que je chantais ! s'écria Adolphe , Henriette , Mlle. Belman était là !..... qu'a-t-elle dit ? Que voulait-elle ?.... Des larmes dites-vous.... ; et pourquoi ?.... Pourquoi? Je te dis que ce n'était rien. que de t'entendre chanter ; elle est partie sans dire un seul mot, ta musique l'avait émue au point qu'elle ne pouvait parler ; elle regardait du côté de la fenêtre, ses yeux étaient tout pleins de larmes, et ces larmes la rendaient mille fois plus jolie. Voilà comme vous ètes vous autres jeunes gens, le moindre vent chaud vous fait fondre comme la neige ; n'ai-je pas aussi vu tes yeux mouillés quand tu chantes? tiens, même à présent, c'est tout comme Mlle. Henriette..... Eh bien! où vas-tu donc comme cela étourdi ? Il ne m'a pas seulement écoutée.

Adolphe ne l'avait que trop entendue ; son récit avait rallumé dans le cœur du jeune homme une flamme qu'il ne put plus modérer..... Henriette près de lui! Henriette pleurant, regardant sa fenêtre ! Hors de lui-même, n'écoutant plus que l'amour il traversa d'un saut le cimetière et courut du côté d'une promenade où il rencontrait souvent Henriette autrefois, et où il pensa qu'elle serait peut-être allée cacher son émotion et ses larmes. En effet, au moment où il entra dans une allée ombragée de grands hêtres, elle s'offrit à sa vue.

Il tressaillit, et ne se sentit pas la force de lui adresser la parole ; les joues de la jeune fille se couvrirent d'une rougeur modeste causée en partie par le plaisir de revoir son ami, et par une espèce de honte mêlée de crainte de se voir seule avec lui dans un endroit aussi retiré ; peut-être si le sentier avait été moins étroit, seraient-ils passés à côté l'un de l'autre sans se rien dire, mais il n'y avait de place que pour une personne. Adolphe entra dans le taillis pour laisser passer Henriette ; elle voulut de son côté faire quelques pas hors du sentier, son pied rencontra une racine qui l'aurait fait tomber si Adolphe ne s'était pas élancé pour la soutenir. Chère, chère Henriette, s'écria-t-il en la serrant dans ses bras sans savoir ce qu'il disait. Cet instant, ce mot fut décisif ; Henriette aurait voulu le quitter avec un simple remercîment, mais en levant les yeux sur lui elle vit dans les siens une expression si tendre et si passionnée qu'elle ne put retenir ses larmes ; elles coulèrent sur ses joues brûlantes, sur son sein, sur Adolphe qui la pressait contre son cœur en répétant, Henriette, chère Henriette, je t'aime avec passion. Cher Adolphe, lui répondait-elle avec l'accent de l'amour, mais en cherchant cependant à s'arracher de ses bras qui l'entouraient..... Un coup de fusil d'un chasseur et le bruit de quelques personnes qui s'approchaient obligèrent Adolphe à se séparer d'elle. Où vous reverrai-je Henriette? lui dit-il vivement. Ce soir au pavillon, lui dit-elle, en prenant le chemin du village.

Cette question et la réponse furent également l'effet de la précipitation; s'ils avaient eu tous deux le tems de réfléchir, Adolphe n'aurait rien demandé, ou Henriette n'aurait pas répondu ainsi. Adolphe se jeta par terre, à la place où il avait été si heureux; il y resta longtems à rêver au bonheur qui l'attendait encore le soir de ce jour fortuné; il était sûr à présent qu'Henriette l'aimait, et toutes les difficultés étaient évanouies. *Ce soir au pavillon*, lui avait-elle dit en le quittant; ces trois mots étaient un gage d'amour et de confiance non équivoque; dans ses douces rêveries, il songea à tout ce

qu'il

qu'il avait à lui dire pour arranger leur avenir; il rentra enfin chez lui et passa le reste de la journée à en désirer la fin; le soleil lui parut se coucher plus tard qu'à l'ordinaire, et dès qu'il vit briller la premiere étoile, il se glissa avec précaution, et après avoir fait un long détour dans le jardin du presbytère.

Henriette aussi rentra chez elle avec une extrême agitation dans le cœur, les leçons de son pere, et le sentiment de modestie et de dignité virginale combattaient fortement le penchant qui l'entraînait; elle alla au pavillon dont elle devait laisser le soir la porte ouverte, où elle avait elle-même donné un rendez-vous à son amant; elle y alla lentement; la main appuyée sur son front et faisant mille réflexions. Bientôt elle se décida à ne point ouvrir, et voulut même emporter la clef dans la maison, et sous quelque prétexte la remettre à sa mere; en l'ôtant de la serrure, elle essaya en tremblant, si elle pourrait tourner sans bruit; elle allait à merveille. Ah! non, non, dit-elle en secouant la tête tristement, il ne faut pas, je ne l'ose pas. Elle s'assit, la clef dans les mains, et chercha à se rappeller toutes les circonstances de la scene du bosquet; elle composa à l'avance et ce qu'elle avait à lui dire, et ce qu'il lui répondrait; puis elle examina avec elle-même une question dangereuse, c'était de savoir si elle ne ferait pas bien de le voir un instant, pour lui dire qu'elle ne voulait plus le voir, sans quoi, disait-elle, il rodera tous les jours à l'entour du jardin.

A l'entrée de la nuit, elle rentra dans la maison, et s'assit dans une chambre de derriere; de là, elle pouvait voir tout le jardin. Déja les étoiles brillaient au ciel ; elle entendit un petit bruit qui fit palpiter son cœur, et crut voir la tête d'Adolphe, qui s'avançait par dessus le mur. Elle ne se trompait pas, c'était lui-même qui la cherchait des yeux dans le jardin ; elle trembla qu'il ne fût apperçu, et se décida à descendre au jardin comme à l'ordinaire. Dès qu'Adolphe la vit, il sauta du mur en bas, et vint à la porte du pavillon ; Henriette y était encore, indécise et tremblante ; deux fois elle avança la main pour ouvrir et la laissa retomber ; enfin elle tourna la clef, et Adolphe entra presqu'aussi tremblant qu'elle ; cependant elle avait ouvert la porte, il était donc sûr qu'elle l'aimait ; il se précipita à ses pieds en imprimant mille baisers passionnés sur ses mains. Henriette sentait s'évanouir ses sages résolutions, ou plutôt elle ne se rappella plus qu'elle ne devait le voir que pour lui ôter toute espérance ; elle répondit à ses innocens transports. Ils se jurerent mille fois qu'ils s'aimeraient toujours, et ne se séparérent qu'à dix heures, le cœur rempli de bonheur et d'amour.

Henriette ne pensa pas une seule fois aux belles leçons de son pere contre l'amour, ni à la résolution qu'elle avait prise si souvent de l'éviter. Adolphe, son cher Adolphe, fut l'unique objet de ses pensées et de ses songes. Le lendemain matin elle reçut une longue lettre qu'il lui avait écrite pendant la nuit, et qu'il trouva le moyen de lui faire parvenir. La veille dans le pavillon elle n'avait éprouvé que le plaisir d'être aimée ; aujourd'hui cette lettre était de plus un triomphe pour son orgueil féminin ; elle ne savait ce qui la rendait le plus heureuse, ou de voir Adolphe à ses pieds, ou de lire qu'elle était adorée comme une divinité. Il lui écrivait ce qu'un amant de vingt ans écrit toujours le lendemain d'un premier rendez-vous : bonheur inexprimable de l'avoir vue et d'en être aimé, désespoir de ne pas la voir sans cesse, sermens de l'aimer toujours avec idolâtrie, et de faire tout pour mériter sa main. Chaque ligne, chaque mot exprimait la passion la plus pure et la plus ardente. Ah ! pensa-t-elle en lisant et relisant cette lettre, que mon pere connait peu l'amour. Son cœur palpitait à la seule idée du rendez-vous du soir, et dix fois dans la journée elle courut au pavillon, et ouvrit la porte seulement pour le plaisir de l'ouvrir, et de voir le chemin par où Adolphe viendrait. Enfin l'heure de l'ouvrir pour lui arriva ; cette fois il se jeta dans ses bras, et la serra avec ardeur contre son cœur, puis il s'assit à côté d'elle, une main d'Henriette dans les siennes, et ils s'entretinrent tranquillement et délicieusement de leurs projets pour l'avenir, et du plan d'Adolphe pour faire fortune.

Henriette jusqu'à ce moment avait imaginé que l'homme qui aurait le bonheur d'obtenir sa main, ne devait pas être moins qu'un grand seigneur, riche, considéré; à présent elle éprouvait à son grand étonnement qu'elle aurait vécu plus volontiers avec Adolphe dans la petite maison du chantre, et sous le tilleul dont elle conservait les fleurs, qu'avec un autre dans le plus beau palais.

---

## CHAPITRE III.

Les jeunes amans se virent ainsi tous les soirs avec la même passion, avec la même innocence. Adolphe n'imaginait pas un plus grand bonheur que celui d'être assis tout près d'Henriette, de serrer ses mains dans les siennes, de les presser contre ses levres, contre son cœur; de lui répéter qu'il l'aimerait toujours, de recevoir d'elle la même promesse, et de former ensemble des projets pour l'avenir; en attendant ils étaient heureux comme on l'est lorsqu'on aime, et qu'on est aimé pour la premiere fois, et qu'on croit n'avoir rien à se reprocher.

Le capitaine revenait un soir de la chasse, fort content d'avoir tué six perdreaux; il voulait en donner deux au ministre, et un au vieux chantre;

il traversa le jardin de la cure pour aller faire son petit présent à Mr. Belman ; il apperçut Adolphe qui se glissa dans le pavillon ; il passa à côté, s'arrêta un instant, et distingua la voix d'Henriette ; il n'en fut point surpris. Le bon Henri ne pensait jamais au mal ; il continua son chemin et entra chez le ministre, à qui il donna ses deux perdreaux.. Croyant qu'Adolphe allait venir, il l'attendit pour lui donner le perdreau qu'il destinait à son grand-pere ; enfin il s'impatienta ; ce garçon, dit-il, reste bien longtems, je vais y aller moi-même.

Quel garçon, demanda le ministre, de qui parlez-vous ?

— D'Adolphe, je voulais lui donner ce perdreau pour son pere.

— Lui avez-vous dit de le venir prendre ici ?

— Non, mais je viens de le voir entrer daüs le pavillon de votre jardin; votre fille y était, elle lui a ouvert la porte, et sans doute ils sont encore à jaser ensemble; les jeunes gens n'ont jamais tout dit.

—Au pavillon! Adolphe! s'écria Belman en fureur, et sortit avec précipitation.

Mon Dieu! dit Mad. Belman, en joignant les mains; il va sûrement arriver un malheur, allez au nom du ciel.... Le capitaine sans prendre son chapeau, courut après le pere irrité. Belman ouvrit avec violence la porte du pavillon qui n'était point fermée à clef. Adolphe était assis à côté d'Henriette, et très-près d'elle, un de ses bras était passé autour de la taille de son amie, et de son autre main il pressait la main d'Henriette. On comprend tout leur effroi; ils se leverent tous deux en tremblant, et pâlirent en reconnaissant le ministre qui jetait sur le jeune homme des regards enflammés ; la colère l'empêchait de dire un seul mot ; il saisit Henriette par la main et l'entraîna dans le jardin avec violence : scélérat, dit-il ensuite, en revenant à Adolphe. Le capitaine se mit entr'eux. Scélérat, indigne séducteur ! cria Belman encore une fois, avec l'accent de la fureur.

Va t'en, mon enfant, va t'en, je t'en conjure, dit le capitaine en prenant doucement Adolphe par le bras, et l'entraînant vers la porte du jardin. Le pauvre jeune homme voulait dire quelque chose ; mais Belman ferma la porte sur eux, en criant encore des injures, et le capitaine se trouva sans chapeau dans la rue avec le malheureux Adolphe.

Qu'est-ce que c'est donc que tout cela, lui demanda-t-il avec inquiétude ?

Vous le voyez, Mr. le capitaine, dit le jeune homme avec l'accent du désespoir ; le tyran demande ma vie, et cela m'est bien égal. Mais s'il dit seulement une parole dure à l'innocente Henriette, je ne réponds de rien.

Le désespoir du jeune homme redoubla le chagrin du bon Henri ; il l'emmena chez son frere, et lui dit souvent en chemin ; calme-toi mon enfant, cela s'arrangera, nous en parlerons avec mon frere. Et il le conduisit auprès du trésorier.

Qu'avez-vous donc, demanda Ferdinand allarmé de l'altération qu'il voyait sur leurs physionomies ? Le voilà, qu'il te le dise, répondit Henri, je ne veux pas me mêler de cette affaire ; à qui donner droit et raison ? Je n'en sais rien : Adolphe sans doute, est un jeune homme, mais un pere est un pere, et je ne sais pas ce que j'aurais fait à sa place..... et encore c'est moi qui suis cause..... mais tu peux m'en croire, mon frere, je ne savais pas un mot de cela ; si je l'avais soupçonné, j'aurais mieux aimé aller dix fois chez Buchling, porter moi-même ma perdrix. J'ai fait le mal, raccommode-le, cher frere, et termine cette affaire.

— *Ferdinand.* „ Mais au nom du ciel, dis-moi quelle affaire ? Je veux mourir si j'y comprends rien ; Adolphe, parle, de quoi est-il question ? Le pauvre jeune homme en présence du trésorier, dont il connaissait la rectitude, avait perdu tout courage ; depuis un moment il lui paraissait que lui seul avait tort.

Je suis bien malheureux, répondit-il en portant la main sur ses yeux. Ferdinand insista pour en savoir davantage, et enfin le capitaine raconta ce qui s'était passé.

Adolphe écoutait en silence, les yeux

baissés, et les joues enflammées ; Ferdinand fronçait le sourcil d'un air si sérieux, si sévere, que le bon capitaine voulut essayer de justifier le jeune homme : mon frere, dit-il avec un ton attendri, tu comprends à présent de quoi il s'agit ; c'est une petite inclination de jeunes gens entre Henriette et Adolphe. Oui, c'est ce que j'apperçois, dit le trésorier séchement.

— *Henri.* Je ne veux pas précisément le justifier, mon frere ; je conviens que c'est une grande imprudence, mais.....

— *Ferdinand.* Une imprudence ! S'insinuer dans une maison, comme un voleur, sans l'aveu, et même contre la volonté d'un pere. Chercher à séduire une jeune fille. Etouffer dans son cœur l'obéissance et l'affection qu'elle doit à ses parens .......... Et tu appelles cela une imprudence, mon frere, mon frere ; je te le demande , y as-tu bien pensé ?

— *Henri.* Je pense aux années de ma jeunesse , mon frere , et j'y trouve des raisons d'indulgence.

— *Ferdinand.* Mais y trouves-tu quelque trait du tableau que je viens de tracer ? réponds avec sincérité.

— *Henri.* Non...... non , pas cela ; mais...... ( ici il regarde le trésorier avec une expression mêlée de tendresse, et d'embarras. )

— *Ferdinand.* Mais... parle donc ?

Le capitaine serra la main de son frere et lui dit à voix basse : dans ta jeunesse à toi mon frere; peut-être trouveras-tu quelque chose de semblable.

— *Ferdinand.* Eh bien ! dis - le à haute voix , que ce jeune homme l'entende , oui , mon frere tu as raison , dans l'histoire de ma jeunesse il y a eu aussi de l'amour et c'est ce qui m'a fait dire qu'il y a ici plus que de l'imprudence. Je savais ce que je faisais, je savais que cela n'était pas bien, et cependant j'avais succombé par orgueil et par faiblesse, pour n'avoir pas su résister au Diable qui me tentait. Qu'Adolphe me dise quelque chose pour sa justification, je serai charmé de l'entendre.

— *Henri.* Non, mon frere, je me le rappelle bien, ce n'est ni par orgueil ni par faiblesse que tu as succombé, mais tu croyait de bonne foi être dans un monde meilleur que celui où nous vivons.

— *Ferdinand.* C'est vrai, et c'est là précisément en quoi consistait mon orgueil; je demandais à Dieu une providence et des hommes meilleurs, et moi-même je n'étais pas meilleur que les autres hommes. Je passe à Adolphe d'aimer Henriette, s'il est vrai qu'il l'aime ; la main de Dieu a gravé dans nos cœurs des images qui..... Mais laissons-le dire lui-même. Parle Adolphe, aie confiance en nous, à ton âge je voulus renfermer mon secret dans mon sein, il y travaillait comme un poison dévorant, jusqu'à ce que mon frere, mon bon frere eut sucé le poison hors de la blessure. Parle si tu le peux.

Le capitaine s'approcha du jeune homme, prit sa main, la serra affectueusement en le regardant avec des yeux pleins de bonté et de douce indulgence, et le cœur du jeune homme s'ouvrit à la confiance.

Dès les premiers mots Ferdinand l'interrompit, arrête, jeune homme, je crains que tu ne cherches à colorer l'aveu que tu vas nous faire ; on se ment quelquefois à soi-même ; seras-tu sincére ?

— *Adolphe* Oui, monsieur.

— *Ferdinand.* Ton ami Wilhelm sait-il quelque chose.

— *Adolphe.* Oui sans doute il sait......

— *Ferdinand.* Tout.

— *Adolphe.* Non pas tout.

— *Ferdinand.* Appelle Wilhelm, mon frere ; ou craindrais-tu de parler devant ton ami ?

— *Adolphe.* Je prie au contraire qu'on le fasse venir.

Henri entra conduisant Wilhelm. Le trésorier l'amena près d'Adolphe en disant : Eh bien ! qu'il soit ton juge, et il sortit de la chambre avec son frere auquel il fit un signe.

Qu'est-ce que c'est, que veut-on de moi, dit Wilhelm en regardant fixement son ami ? Adolphe le pria de descendre au jardin; là il lui confia avec sincérité toute son aventure ; raconte à tes parens, lui dit il en finissant, ce que tu viens d'entendre, demain je reviendrai auprès d'eux.

Le lendemain matin après déjeûner, Wilhelm raconta au capitaine et au trésorier, ce que son ami lui avait dit. Adolphe vint bientôt après, et leur demanda une entrevue. Wilhelm désira qu'elle eût lieu au monument de la comtesse Elisabeth. L'histoire de cette femme héroïque avait fait une grande impression sur l'ame exaltée de ce jeune homme; il croyait devoir mettre une sorte de solennité à cette époque si intéressante de l'histoire de son ami. On s'y rendit donc tous ensemble; Adolphe tremblait, il s'assit sur les marches du monument à la même place où il avait promis à Wilhelm de renfermer son amour dans son cœur; Wilhelm m'a condamné, dit-il en rougissant; cette femme aimait, elle a su se taire et mourir. Les deux freres demanderent une explication de ces paroles et Adolphe raconta en peu de mots l'histoire de la comtesse. Le trésorier regarda Wilhelm, d'un air sérieux ; tu penses donc, lui dit-il, que c'est ce qu'Adolphe aurait dû faire ? J'aime bien, Wilhelm, qu'un jeune homme se croie capable de ce qu'il y a de plus grand, de plus difficile ; aimer et se taire est sans doute ce qu'il y a de plus grand, non pas mourir, mon fils, il ne faut pour cela qu'un moment de délire; mais se taire lorsqu'on aime, c'est mourir de nouveau à toutes les heures, et tu crois le pouvoir, Wilhelm ? Oui; mon pere, répondit Wilhelm; en consultant mes forces je crois que je le pourrais..... il sentait plus encore, c'est qu'il se taisait en effet.

— *Ferdinand.* Je suis bien aise que ton cœur réponde ainsi, mais demande à Adolphe si le sien ne lui avait pas dit la même chose. Nos vertus, mon fils, ne sont presque toujours que des résolutions vertueuses, et nos fautes viennent de l'oubli de nos résolutions; je crois que voilà en peu de mots l'histoire d'Adolphe et d'Henriette; mais ce qui est fait est fait. Il s'assit alors à côté d'Adolphe, lui prit la main avec amitié, et lui fit d'un ton affectueux des représentations sur sa conduite; il ne blâma pas son sentiment pour Henriette, mais il dit qu'il aurait été plus généreux d'épargner à cette jeune fille les peines que son cœur éprouvait sans doute; cependant, ajouta-t-il avec force, même encore à présent tu peux lui rendre la paix et le bonheur; n'entretiens plus son amour et il perdra de sa vivacité; elle ne t'oubliera pas tout-à-fait, mais assez pour penser à toi sans douleur, et ce sentiment sera pour elle ce qu'il était pour toi lorsque tu pouvais aimer et te taire, un encouragement au bien, une espérance riante de l'avenir, un beau songe du passé.

Ah ! répondit Adolphe en secouant la tête, si vous disiez vrai, mon respectable ami, si l'amour malheureux pouvait devenir ce que vous dites !

Eh ! pourquoi non, dit le capitaine d'un ton touché ?

— *Adolphe.* Quoi ! un amour aussi heureux, aussi délicieux qu'était le nôtre... et ne plus se voir.. et se taire.. Non, non, ce ne sera plus que le désespoir et la mort.

Henri regarda son frere comme pour lui demander conseil, ensuite il embrassa Adolphe en lui disant doucement ; tu te trompes, mon ami, c'est précisément un amour comme le vôtre qui rend heureux même en se taisant, et bien mieux qu'un sentiment qui n'aurait pas été réciproque; les souvenirs en sont plus doux, plus durables, les sacrifices mutuels donnent à l'ame une plus douce joie...... tu ne sais pas combien est heureux l'homme qui veut s'imposer des privations et qui se les impose par vertu..... tu ne connais pas les récompenses qui attendent l'amant lorsqu'il sait souffrir et se taire.

Quelle récompense? demanda vivement Adolphe.

L'accomplissement de tes vœux, mon fils, lui dit le capitaine.

La main d'Henriette s'écria le jeune homme, en regardant Ferdinand avec des yeux étincelans.

— *Ferdinand.* Pourquoi non, si votre amour est aussi constant que tu le crois. Ou, tu obtiendras une autre récompense aussi précieuse, le repos.

Il se fit quelques momens de silence;

Henri qui comprenait son frere, regarda le jeune homme d'un air d'intérêt. Wilhelm fixait son pere adoptif avec curiosité, il cherchait à deviner cette autre récompense dont il avait parlé, *le repos* répétait-il en lui-même, qu'est-ce que cela veut dire?

Adolphe n'était occupé que de cette seule idée, *la main d'Henriette*. Le trésorier songeait à ce qu'il pourrait encore dire à Adolphe pour continuer cette conversation qui l'intéressait singulièrement.

Eh bien! dit-il au bout de quelques momens, d'une voix plus douce, à quoi te décides-tu, mon cher Adolphe?

Ah! s'écria le jeune homme dans une espece d'extase, me taire et espérer.

Bien, mon fils, te taire comme cette statue de marbre, et faire tes efforts pour te rendre digne de la belle espérance, de serrer contre ton cœur une femme vertueuse et chérie; (il tendit la main au jeune homme,) te taire, mon fils, jusqu'au moment où le pere ne pourra plus te dire, tu es un insensé.

Tiens, continua-t-il en montrant le capitaine, cet homme a su faire plus que se taire; ton ami lui a couté tout le bonheur de sa vie, la main de celle qu'il aimait, comme tu aimes Henriette, et malgré cela, il le chérit comme s'il était son fils.

Adolphe se saisit de la main d'Henri, qui regardait tendrement Wilhelm, et il sortit pour cacher ses larmes en formant la résolution de tenir sa promesse, et de ne plus parler à Henriette, que lorsqu'il pourrait lui offrir sa main; son cœur en fit le serment, et il se crut aussi engagé que si sa bouche l'eût prononcé.

Wilhelm porta respectueusement à sa

bouche

bouche la main du capitaine ; il savait à présent ce que le trésorier avait voulu dire ; cependant il désira une explication ; vous avez promis à mon ami, dit-il à Ferdinand, une récompense pour son silence, qui ne serait pas moindre que la main d'Henriette ; quelle est-elle, mon cher perė ? Ce que vous avez dit là-dessus m'a paru énigmatique.

— *Ferdinand.* Vous parliez d'un sacrifice difficile, aimer et se taire ; je pensais à un plus facile, aimer et oublier.

— *Wilhelm.* Oublier, oublier!..... et c'est ce que vous appellez un sacrifice ?

— *Ferdinand.* Pourquoi non ; la fleur que la jeune fille détache de son sein pour la déposer sur l'autel, n'est-elle pas un sacrifice, aussi bien que l'hécatombe pompeuse qu'un roi présente aux Dieux ?

— *Wilhelm*. Que serait un amour qui pourrait se terminer par l'oubli ?

— *Ferdinand*. Que serait la vie si on ne pouvait pas oublier ?..... mon fils, à votre âge, l'imagination se fait un jeu du malheur, parce que vous croyez votre courage au-dessus de tous les malheurs. Il vaudrait peut-être mieux ne pas regretter du tout ce qu'on ne doit pas regretter éternellement. Une larme qui se séche est une preuve de la légéreté de l'homme, mais en même tems de son bonheur. L'homme est sans doute moins grand, moins sublime qu'il ne se l'imagine quelque-fois dans son orgueil ; mais c'est un effet de la bonté de celui qui le forma ainsi ; et si les hommes sont des enfans, comme il est difficile de le nier, ils sont au moins d'heureux enfans. Tu comprendras, mon fils, que si la vertu est la force de l'homme, la faculté d'oublier est un baume salutaire pour les blessures que le sort, sa propre folie, et quelquefois même la vertu, font au cœur.

— *Wilhelm.* Oublier ce qu'on aime! mon pere, l'oublier! ah! non, non, c'est impossible, je le sens là..... mon cœur n'est donc pas fait comme celui des autres hommes.

— *Ferdinand.* Fort bien, mon fils, c'est aussi ce que je pense de ton cœur, de celui de ma femme, de mon frere, du mien propre. Malheur à nous, si pendant que notre attachement mutuel nous rend si heureux, nous pouvions penser qu'il pourrait s'affaiblir; nous ne devons pas le croire plus possible après cinquante ans d'absence, qu'après une séparation de cinq minutes. La providence dans sa bonté a rendu le cœur humain susceptible d'oubli, et la douleur passagere; mais elle nous a laissé le noble orgueil de croire que nos douleurs dureront autant que nous. Ne reprochons pas au ciel ce qui est un effet de sa clémence, et même de sa justice ; puisqu'il voulait la mort, il fallait aussi donner à l'homme la légéreté, sans quoi la vie ne serait pas supportable. Mais je te dis ici des choses que peut-être tu ne croiras pas. Je n'ai pas dit à Adolphe que son amour serait passager, il en aurait été indigné. Mon fils, tu deviendras chaque année plus humble, mais aussi plus reconnaissant; de l'autre côté du tombeau est l'éternité, pour contenter ton cœur brûlant, et ton vœu d'amour éternel.

Wilhelm souriait d'un air de doute ; oublier, disait-il en lui même, c'est bien impossible ; on peut se taire et mourir, mais non pas oublier.

Quand les deux freres furent seuls,

le bon Henri forma plusieurs plans pour adoucir le sacrifice du jeune amoureux; mais Ferdinand lui persuada bientôt que dans cette occasion une grande sévérité était nécessaire; je désire seulement, lui dit-il, que le ministre se soit conduit aussi sagement avec sa fille que nous avec Adolphe. Tiens, mon frere, je te l'avoue, je fus sur le point de regarder hier cet enfantillage comme une très-mauvaise action, jusqu'au moment où tu m'as rappellé ma jeunesse; ce matin j'ai pensé qu'en Afrique, en Amérique, aux Indes et dans une grande partie de l'Europe, cette aventure ne serait criminelle ni devant Dieu, ni devant les hommes. Quel mal *y* a-t-il donc à cela! me suis-je écrié? Et quoi donc, m'a demandé ma femme? Je lui ai conté toute cette affaire, et j'avais dans l'idée qu'elle aurait une toute autre opinion que moi là-dessus. Les femmes, mon frere, oublient encore mieux que nous leur jeunesse, l'âge les rend moins indulgentes, et je croyais au moins qu'elle allait blâmer Henriette, qu'elle n'a jamais beaucoup aimée. Je me préparais déja à la dispute, et à lui nommer tous les peuples dont l'usage autorisait mon opinion; mais à ma grande surprise elle me dit d'un air attendri : ces enfans ne sont réellement pas coupables; ne pourrait-on pas dire que c'est Dieu qui le veut ainsi? c'est lui qui a créé leurs cœurs.

Et tu peux le dire, ma femme, car aux yeux de Dieu, il n'y a rien de grand, ni de petit.

Mais, continua-t-elle en soupirant, ces pauvres enfans n'en seront pas moins malheureux, si un cœur humain et paternel n'a pitié d'eux. J'embrassai cette excellente femme, mon frere, et je lui avouai ingénument que j'avais eu envie de disputer avec elle. Dès ce moment je résolus de ne regarder la chose, ni comme un enfantillage, ni comme une mauvaise action; mais de la traiter, comme dit ma femme, avec un cœur humain et paternel, et non pas comme les vieillards qui oublient qu'ils ont été jeunes. Je te le répete, je voudrais que le ministre en fit de même avec notre filleule; je veux aller chez lui et lui en dire un mot de bonne amitié. Il est impossible de surveiller ces jeunes gens, le seul moyen est d'exciter leur vertu, en leur montrant de la confiance. Mr. Belman pense peut-être différemment; allons, je vais..... ah mon Dieu! dit-il en s'arrêtant, je me rappelle à présent qu'il s'est vanté à moi il n'y a pas longtems, qu'il saurait fort bien garder sa fille, et préserver son cœur de l'amour; je ne veux pas aller chez lui, il croirait que je viens exprès pour l'humilier, et triom-pher de son malheur. Vas-y toi, mon frere.

Le bon capitaine se leva lentement, chercha sa canne, prit son chapeau.... puis il s'arrêta aussi, et dit à Ferdinand, et moi, mon frère, n'ai-je pas été témoin de sa fureur, n'ai-je pas entendu quand il nommait Adolphe un scélérat, et qu'il voulait le tuer? Ne croira-t-il pas aussi que je veux l'humilier par ma douceur? Et tiens, mon frere, il me serait impossible de me facher contre Henriette; est-elle donc si coupable? Quand une jeune fille entend une chanson faite pour elle, aussi touchante que celle d'Adolphe?.... Mon frere, si à l'âge de ma filleule une jeune fille avait composé et chanté une chanson sur moi, je ne sais ce qui serait arrivé. Tu as raison, mon frere, dit Ferdinand, et dans le fond le ministre est si entêté, il a un tel esprit de contradiction, qu'il agira mal pour faire autrement que nous. Il vaut mieux ne lui rien dire actuellement ; il a aussi un cœur de pere.

Le trésorier le jugeait trop favorablement, Mr. Belman n'avait point traité cette affaire avec *un cœur humain et paternel* ; il commença par accabler sa fille des reproches les plus amers ; il traita son amant de vaurien, d'homme abject et méprisable ; il tourna en ridicule l'amour qu'il avait témoigné à Henriette, et il en parla comme de la folie d'un enfant mal élevé, comme la preuve d'un esprit vulgaire; il poussa même la cruauté jusqu'à lui dire que c'était moins de l'amour que du libertinage et que toute autre jeune fille qu'il aurait rencontrée aurait fait la même impression sur lui, etc.

En tranchant ainsi dans le vif avec

sa fille, il avait le but d'exciter son orgueil; quoique jusqu'alors il eut toujours raisonné avec elle, il la laissait cependant assez libre d'agir comme elle le voulait, et de faire usage (disait-il) de sa raison. Mais cette fois il lui ordonna despotiquement non-seulement de cesser toute relation avec Adolphe, mais de rompre même d'une manière offensante, et qui fit rentrer ce jeune insensé dans les bornes du respect qu'il leur devait. Henriette promit tout à son pere excepté ce dernier point qu'elle appellait une dureté et une injustice : il serait difficile de définir quels étaient dans ce moment les sentimens qui agitaient son ame; elle se sentait humiliée, elle trouvait qu'on la traitait avec cruauté, avec tyrannie. De ce moment, à la tendresse qu'elle avait pour son pere, succéda une espèce de crainte servile; elle n'avait pas le courage de lui résister ; mais elle se permettait de penser qu'il s'occupait plus de ses vues ambitieuses que du bonheur de sa fille. La crainte et la méfiance eurent dans cette occasion leurs suites ordinaires, elles rendirent Henriette hypocrite ; dès que la première colère de son pere fut passée elle le flatta, lui avoua qu'il avait raison, chercha à pallier sa faute, et à lui persuader qu'Adolphe s'était trouvé cette seule fois par hasard dans le pavillon.

Lorsque Mr. Belman put réfléchir de sang froid à ce qui s'était passé, il sentit qu'il avait été trop loin et chercha à réparer la fâcheuse impression qui pouvait en rester à sa fille ; la dignité paternelle ne lui permettait pas de désavouer ce que sa colère lui avait fait dire, mais il prit insensiblement un ton plus affectueux, plus confiant avec Henriette ; il rejetta sur lui-même une partie de la faute ; car, dit-il, je ne t'ai pas assez bien expliqué à combien d'illusions le cœur de l'homme est sujet : il en prit occasion de plaisanter doucement sur les sentimens de sa fille, qu'il appellait la chimère d'un jeune cœur.

La petite fut très-contente d'en être quitte à si bon marché ; elle reprit son ton d'écolière et se hasarda à faire de tems en tems quelques objections. Son pere en était charmé ; c'était un nouveau texte pour l'endoctriner, et elle en vint au point où elle desirait d'être.

Mr. Belman trouva qu'il était prudent de paraître satisfait de la justification d'Henriette, quoiqu'il fut persuadé qu'elle lui en imposait, et que son intelligence avec Adolphe durait depuis plus longtems qu'elle ne voulait en convenir.

Au bout de trois jours la paix fut en apparence parfaitement rétablie entre le pere et la fille. Tu te conduis raisonnablement à présent, mon cher enfant, lui dit-il, et je te rends toute ma confiance. Il ne lui disait pas non plus la vérité ; dans le fond il n'avait pas plus de confiance en elle, qu'elle n'en avait eu pour lui. Il fit mettre un cadenas à la porte du pavillon, et réparer tous les endroits par lesquels on pouvait franchir le mur du jardin. Henriette n'eût plus la liberté de sortir le soir, et coucha dans la chambre de sa mere. Malgré cela le ministre disait tous les jours à sa femme, que sa fille s'était conduite dans cette occasion avec beaucoup de sagesse et de raison : au reste, ajoutait-t-il toujours, cela ne pouvait être autrement, avec tout son esprit et l'éducation qu'elle a reçue ; l'erreur où ce mauvais sujet l'avait entraînée ne pouvait durer longtems. Ces discours faisaient beaucoup de peine à Henriette ; poür les éviter elle feignit d'être convaincue de tout ce que lui disait son pere, et lui cacha avec soin ses sentimens. Dès qu'elle était seule elle réfléchissait profondément à l'idée de son pere sur l'amour, si différente de ce qu'elle avait éprouvé ; il lui insinuait dans ses leçons que l'amour était en grande partie fondé sur les sens, et son cœur seul avait été ému ; il lui disait que l'amour était une illusion, une flamme passagère qui s'éteignait par l'absence de l'objet..... Elle ne voyait plus Adolphe et ne l'aimait pas moins. Elle n'y comprenait rien et fit encore à son pere plusieurs questions détournées sur cet objet ; il y répondit à sa manière, et le résultat de ces sages entretiens fut de donner à sa fille l'idée d'un amour moins pur que le sien, mais cette idée n'alla pas jusqu'à son cœur; il conserva son innocence. Elle résolut de continuer ses relations avec Adolphe, telles qu'elles étaient, à l'insçu de son pere, et sans compromettre sa vertu ni sa réputation; mais un sentiment de modestie naturel à son sexe l'empêchait de faire des avances, et Adolphe n'en faisait aucune. Enfin elle eut occasion de le rencontrer et s'avança à demi avec timidité, assez cependant pour lui faire comprendre qu'il était encore aimé. Il ne fit rien pour profiter de cette disposition favorable; Henriette pensa qu'il était infidèle et fut au désespoir; alors seulement elle se crut bien malheureuse. Mais à sa grande surprise elle ne le fut pas longtems, et chaque jour sa passion perdait de sa force; chaque jour elle se sentait plus calme, plus tranquille et moins occupée d'Adolphe.

Mon pere avait donc raison, dit-elle, et l'amour n'est qu'une flamme passagère. Son cœur ne palpitait plus quand elle entendait le nom d'Adolphe ; cependant il restait dans ce cœur des traces assez profondes du sentiment qu'elle avait éprouvé pour qu'elle n'osât les confier à personne, et qu'elle en fut souvent effrayée. Depuis son enfance elle s'était accoutumée à raisonner tout ce qu'elle éprouvait, et elle employa ce moyen pour se guérir de ce qui lui restait de son amour.

La nature veut sans doute, pensait-elle, que nous aimions une fois, c'est du hazard que dépend le choix de l'objet que nous devons aimer ; si la tête n'approuve pas le choix du cœur, l'éloignement, les occupations, les distractions éteindront nécessairement cet amour. Avec ce beau raisonnement elle croyait n'avoir plus rien à craindre, être parfaitement maîtresse de son cœur et en quelque façon de son sort à venir.

Elle confia à son pere ses réflexions, et il approuva tout; il ne voyait pas qu'une des suites de ce systême devait être une espece d'indifférence ou de mépris pour tous les hommes, et que cette maniere de penser conduisait directement à l'orgueil de la coquetterie, orgueil tout aussi coupable, tout aussi dangereux qu'une faiblesse insouciante. Henriette prit en effet un ton de confiance avec tous les hommes qu'elle voyait; mais la petite ville où elle vivait n'était pas un théâtre où elle put développer ses forces et ses moyens; on savait à peine y distinguer son esprit, ses connaissances, ses talens et l'agrément de ses manieres.

Adolphe dont la passion subsistait toujours avec la même force, se livrait avec ardeur au travail qui devait le conduire au but désiré; il dévança même dans ses études son camarade Wilhelm, qui avait plus de talens que lui. Le trésorier n'aidait plus les jeunes gens que de tems en tems, lorsqu'en étudiant ils faisaient quelques détours qui pouvaient les égarer; mais ces détours même avaient l'avantage de donner à leur esprit une teinte d'originalité; ils arrivaient au but plus lentement mais plus sûrement, et ils avaient déviné ce qu'ils cherchaient, longtems avant de l'avoir trouvé dans leurs livres. Lorsque le tems vint où Adolphe devait aller à l'université, il était très-bien préparé, et ce qui était plus précieux encore, il était accoutumé à travailler par lui-même. A la fin d'une année entiere, pendant laquelle il n'avait point parlé à Henriette, Wilhelm fit observer à son ami les changemens qui s'étaient opérés chez lui;

Henriette ne jouait plus à présent le rôle principal dans ses plans, et il ne trouvait plus indifférent d'occuper tel ou tel emploi, pourvu qu'il lui procurât la main d'Henriette; quelquefois il s'élevait dans son ame un doute, si même avec toute son application il parviendrait à obtenir cette main; il calculait la différence de leurs années, de leurs positions, il trouvait des obstacles auxquels auparavant il ne s'était jamais arrêté. Souvent encore, il parlait à Wilhelm de son amour, mais c'était avec plus de calme.

Quelques jours avant le départ d'Adolphe, Wilhelm et lui allerent à cheval dans un village voisin, où se donnait une petite fête champêtre. En entrant dans une salle préparée pour la danse, Adolphe tressaillit en appercevant Henriette avec son pere; il ne l'avait pas vue d'aussi près depuis toute une année. Sa figure, sa taille plus développée, son costume élégant, le frapperent extrêmement : le sentiment qui paraissait assoupi au fond de son cœur, se réveilla avec plus de force, et en dépit de toutes ses résolutions, il désira que Mr. Belman put s'éloigner un instant. Le ministre jeta un regard inquiet sur sa fille, mais il fut bientôt rassuré par le sourire calme qu'il apperçut sur son visage; il s'approcha des deux jeunes gens, les salua affectueusement, s'informa avec soin du départ d'Adolphe, lui serra la main en lui souhaitant toute sorte de bonheur, et en lui offrant des lettres de recommandation &c. &c. Adolphe fut agréablement surpris d'un accueil auquel il ne s'attendait pas. Henriette s'approcha à son tour, et les salua d'un air aisé et gracieux. Toutes les espérances du jeune homme se reveillèrent; il crut Belman tout-à-fait revenu sur son compte et disposé à penser plus favorablement de lui.

Mais à son grand étonnement, et à son grand désespoir il vit qu'il ne pouvait pas reprendre avec Henriette le même ton de confiance qu'ils avaient autrefois; ils se trouvait timide, embarrassé; la maniere dont elle le traitait en était cause; elle était polie, mais seulement polie, et sous un air gracieux il était aisé d'appercevoir une nuance de sécheresse et de froideur; il l'attribua à la présence de son pere, et tressaillit de plaisir en le voyant s'éloigner; mais Henriette continua exactement la même maniere et ce ton de hauteur polie qui le rendit toujours plus timide et plus embarrassé; pendant que dans la même proportion Henriette devenait plus aisée, plus gracieuse, plus affable pour tous ceux avec qui elle s'entretenait.

Enfin on commença à danser. Adolphe après avoir beaucoup hésité, pria Henriette de danser avec lui. Elle accepta, mais exactement comme elle avait accepté tous les autres jeunes hommes, avec cette politesse calme, et ce sourire désespérant pour celui dont le cœur est vraiment touché. Il osa à peine presser un peu sa jolie main. Elle dansa avec grace, avec précision, sans manquer un seul pas. Lui ne savait ce qu'il faisait, son cœur était plein de son amour qui se réveillait dans toute sa force, et il ne songeait qu'au moyen d'entretenir Henriette seule pendant quelques momens. Un hazard lui procura ce bonheur; une jeune personne de la compagnie vint proposer à Henriette une promenade dans la prairie. Adolphe les vit sortir, il parcourut la salle des yeux. Mr. Belman était éloigné de la fenêtre et engagé dans une savante discussion avec quelqu'un qu'il endoctrinait. Adolphe se glissa dans la foule, et descendit comme un éclair pour suivre les deux jeunes filles. Un jeune homme les avait suivi, et donnait le bras à la compagne d'Henriette. Adolphe s'approcha, mais toujours timide et silencieux. Henriette lui adressa la parole la première, et en faisant une plaisanterie sur son amie elle prit elle-même le bras qu'Adolphe n'osait pas lui offrir. Au bout de quelques minutes leurs deux compagnons s'arrêtèrent pour attendre quelques personnes de la société qui arrivaient, et Adolphe se trouva seul avec Henriette ; il se crut au moment d'une grande explication ; ses joues étaient brûlantes, son pouls battait avec rapidité, il allait parler.... mais Henriette l'entretint des choses les plus indifférentes avec une gaieté douce et tranquille.... Il voulut hasarder une allusion sur leur position, mais Henriette n'eut pas l'air de l'avoir entendu. Il perdait courage ; cependant il s'efforça de renouer la conversation sur l'objet qui l'intéressait si vivement ; alors Henriette prit un ton plus marqué de froideur et même de dédain. Il exprima par quelques signes sa sensibilité et son dépit ; elle eut l'air de ne pas s'en appercevoir. Il parla des affections du cœur, de premier amour, de constance &c ; elle lui répondit en plaisantant. Il tourna sur elle ses yeux animés par le sentiment ; une larme arrivait à ses paupières ; elle rit aux éclats de quelque chose d'insignifiant ; un frisson saisit le tendre et malheureux Adolphe ; il fut sur le point de la quitter à l'instant même, mais elle étoit encore appuyée sur lui et reprit le chemin de la maison où l'on dansait en en lui parlant du ton le plus indifférent.

Tout est fini, dit-il à son ami Wilhelm en entrant, et il s'assit dans un coin avec le cœur navré. Henriette se mit à danser sans le regarder. Il se leva, se promena dans la salle, sortit, rentra, et enfin vint la demander pour danser. J'ai cru, lui dit-elle en riant, que vous étiez parti, et je suis engagée. Tout est fini, dit encore Adolphe à Wilhelm en revenant, l'infidelle! Adolphe, lui répondit son ami, es-tu plus fidelle qu'elle?

Henriette n'était pas aussi tranquille qu'elle avait feint de l'être; son cœur avait été violemment ému, en voyant entrer celui qui avait eu tant de droits sur ses affections; mais le regard expessif que lui avait jeté son pere, avait décidé de sa conduite pour toute cette journée, et tout de suite elle l'avait rassuré par un sourire. Après avoir rassemblé ses forces, elle s'était rapprochée des deux jeunes gens qui causaient avec son pere ; la timidité d'Adolphe, son embarras, lui aidérent à surmonter le sien ; elle ne tarda pas à pouvoir reprendre sa vivacité naturelle ; elle résolut de profiter de cette occasion pour faire une expérience sur son propre cœur, et pour prouver à son pere qu'il pouvait tout-à-fait se fier à elle. C'était d'ailleurs un vrai triomphe pour cette petite coquette, de voir qu'elle était encore aimée ; et l'approbation de son pere en fut un second. Dans la joie qu'elle éprouvait de ces deux triomphes, elle alla même plus loin qu'elle n'avait voulu ; elle montra plus de hauteur, à proportion qu'Adolphe montrait plus de sensibilité ; elle éprouvait pour la premiere fois le plaisir d'une vanité satisfaite sous tous les rapports, et par l'impression qu'elle faisait sur son amant, et par les éloges de son pere. Pour les mériter plus encore, pour mieux jouir de son empire, elle avait poussé son jeu jusqu'à la cruauté, et avait blessé au vif le cœur de son ancien ami.

Mais Adolphe fut bientôt vengé; quand de la fenêtre, elle le vit monter à cheval, s'éloigner rapidement en enfonçant d'un air sombre son chapeau sur les yeux, sa sensibilité se réveilla; elle eut horreur d'elle-même, et versa au retour des larmes plus amères que celles d'Adolphe, parce qu'elles étaient causées par le remords d'avoir pu traiter aussi durement un cœur délicat; elle sentit alors qu'elle l'aimait encore. Cependant elle reprit des forces, lorsque Adolphe vint quinze jours après prendre congé de ses parens. Il entra dans la chambre avec une expression de froideur et de fierté plus marquée encore, et moins étudiée que celle qu'elle avait le jour du bal. Il parla tranquillement, et même avec assez de gaîté de son départ, et de choses indifférentes. La fierté d'Henriette reprit alors le dessus; mais cette fois le triomphe de sa vanité ne fut pas aussi complet; dès qu'Adolphe sentit que son rôle devenait trop difficile, il se hâta de prendre congé, sans avoir démenti son apparente froideur. Quand il fut parti, Henriette alla s'enfermer dans sa chambre, elle y versa des larmes de tendresse et de dépit. Toute la soirée elle ne pensa qu'aux doux momens qu'elle avait passés avec Adolphe dans le pavillon; serai-je jamais aussi heureuse? disait-elle en soupirant.

## CHAPITRE IV.

Deux jours avant son départ, Adolphe alla visiter encore une fois avec son ami le monument de la comtesse Elisabeth ; ce lieu leur était cher à tous deux, c'était là que leur amitié avait commencé.

Plus je fais de réflexions sur la vie humaine, dit Wilhelm, et moins j'y comprends quelque chose ; j'ai entendu dire à mon pere, que celui qui dans sa jeunesse éprouvait le dégoût de la vie, devait être un méchant homme. Je ne suis pas un méchant, Adolphe, et cependant, il y a des momens où la vie m'est si indifférente, où j'en fais si peu de cas, que je la jeterais volontiers loin de moi comme cette branche fanée. Dans le fond qu'est-ce que c'est que la vie? Quand je vois des millions d'êtres autour de moi, qui travaillent, se tourmentent, s'inquiètent, s'envient et se persécutent mutuellement pour conserver leur existence d'un jour à l'autre, comme si cette existence était la seule destination de l'homme. ( Et en même tems il effeuillait la branche qu'il tenait à la main, et en laissait tomber les débris sur le monument. ) Dis-moi, Adolphe, continua-t-il, ne devrais-je pas me trouver heureux, quand le dernier jour de cette occupation ingrate, inutile, cesserait pour moi cinquante ans plutôt que pour beaucoup d'autres hommes? Au bout du compte, il faut pourtant que ce dernier jour arrive... et on appelle cela la vie! bonheur, joie; que signifient ces mots, qu'est-ce que c'est que le bonheur? Comment peut-on nommer ainsi ce qui doit finir sitôt? Cela n'est-il pas insensé? Que font donc, je t'en prie, ces millions d'hommes ? Ils travaillent avec peine toute une matinée pour avoir leur dîner, et toute l'après dînée pour avoir à souper; ils dorment toute une nuit pour réparer leurs forces, comme s'ils ne vivaient déja plus, et recommencent le lendemain matin à travailler pour leur dîner; et le but, et le terme de ce travail, de ces repas, de ce sommeil, de ce réveil, serait la mort. Si cela est ainsi, j'aimerais mieux arriver d'un seul saut à ce but, que d'y parvenir par de longs détours, en marchant sur des charbons ardens. Si c'est là à quoi aboutit ce qu'on appelle la vie, je regarde comme un fou celui qui se donne la peine de lever la main pour la conserver. Dis-moi, Adolphe, ai-je tort ?

— *Adolphe.* Tu oublies, Wilhelm, là partie la plus noble de notre être, notre ame.

— *Wilhelm.* La partie la plus noble.... notre ame, dis-tu ! Grand Dieu ! où est-elle, en quoi consiste-t-elle, et quel usage en font la plupart des hommes ? Non, je ne puis pas sortir de là, je ne le puis pas. Si la vie n'est autre chose que ce que je disais tout à l'heure, nous sommes des fous de vivre ; et si la vie est davantage, si nous avons une destination plus noble, si Dieu a soufflé dans notre sein une partie de son esprit, si la vie et le tombeau ne sont que le passage à une existence plus parfaite, plus réelle ; nous sommes non-seulement des foux, mais des scélérats, de nous occuper aussi peu de cette existence plus noble, de cette espérance si sublime. N'est-il pas plus qu'insensé celui qui travaille uniquement pour cette vie matérielle dans laquelle nous paraissons une minute, comme un ver luisant qui brille un instant dans une nuit obscure. Tiens, Adolphe, le laboureur travaille pour nourrir et habiller sa femme et ses enfans; l'artisan pour les parer un peu plus le dimanche, et passer ce jour à ne rien faire; l'homme riche, le ministre d'état, le prince, veillent et travaillent pour des objets qu'ils appellent importans, et qui ne valent pas davantage; la mort vient, leve sa redoutable faulx; le champ et le laboureur, l'attelier et l'artisan, le royaume, le prince et le ministre, tout passe, tout est oublié, tout prend une direction opposée au but pour lequel travaillent les individus qui ne sont plus. Adolphe, si je suis dégoûté de la vie pour mon compte, je vois aussi avec le même dégoût la vie plus longue des peuples; un siecle se précipite après l'autre siecle, et dans un passage rapide détruit également le bon et le mauvais; un peuple chasse un autre peuple sur la scène du monde, *meurtre* et *destruction*, voila les mots sans cesse à l'ordre du jour. Ce que les hommes ne tuent pas, le tems le détruit. Une nation travaille pendant quelques siecles pour s'élever au-dessus des autres nations; vient une horde de barbares de l'Asie, et elle disparait de la surface de la terre, tout comme l'individu.

— *Adolphe.* Et à quoi bon tout cela, Wilhelm, pourquoi ces réflexions amères? pourquoi te laisser aller à cette mélancolie qui consume ta vie?

— *Wilhelm.* Je préfere qu'elle soit ainsi consumée, que par le tems ou par une maladie..... pourquoi, dis-tu.... pourquoi...... ce que je t'ai dit n'est-il pas vrai? Et s'il est vrai, puis-je en parler aussi froidement que je parlerais d'un jeu qui réussit mal; je veux en parler avec chaleur, quand mon papa Ferdinand devrait s'en moquer. Son cœur aussi sent avec chaleur. Non, Adolphe, la vie n'est rien, les actions, les efforts, les projets des hommes les plus nobles ne sont rien; nous ne savons pas même quel est le plan de la Providence à notre égard. La vie entiere; quand elle durerait des milliards de siecles, n'est pas plus lorsqu'elle finit, que le premier cri de l'homme à sa naissance. La mort est le véritable baptême de l'homme; le moment où il reçoit son véritable nom; si cela n'était pas, dis-moi, quel serait le prix de la vie ? C'est la question d'un fou, me dit une fois le trésorier, et quand l'homme ne serait destiné qu'à cultiver la terre, à l'embellir, à ranger, à classer avec ordre les genres des animaux et des plantes.....

Tu eus l'air toi, Adolphe, d'être satisfait de ces raisons, mais tu ne vis pas comme ses yeux se remplirent de larmes, et le profond soupir qui s'échappa de sa poitrine pendant qu'il cherchait à se faire illusion. La destination de l'homme serait donc de garder les animaux et les plantes? Fort bien, mais j'irai plus loin, et je demanderai à mon pere Ferdinand et à tous les hommes, ce que j'ai demandé si souvent au ciel étoilé, à la voute des cieux, et à mon propre cœur pendant tant de nuits tranquilles; je leur demanderai si l'homme doit être le jardinier de la nature; que sera donc ce jardin? Si l'homme est fait pour les plantes, à quoi servent les plantes elles-mêmes? Pour remplir l'air de leurs émanations. Mais pourquoi donc l'air? Pourquoi toute la création? A quoi bon tout être qui n'est pas Dieu? La création ne serait-elle donc qu'un spectacle qui passe sous les yeux, et finit au bout d'une heure.

— *Adolphe*. Mais, Wilhelm, qui est-ce qui disputera la dessus ?

— *Wilhelm*. Tout le monde, Adolphe, tout le monde. Et qu'est-ce que l'homme fait pour la seule chose qui soit éternelle, pour la vertu ? Il fait tout pour cette vie périssable, pour cette vie d'un moment. Nos sentimens même ne sont-ils pas passagers ? L'amitié la plus intime, l'amour le plus ardent, passent aussi ; ils passent malgré nous, malgré le cœur qui voudrait les retenir. Mes sentimens ne sont pas en ma puissance, ils sont les enfans des sens, ils périssent comme leurs peres ; mais la vertu peut nous rester, elle dépend de la volonté de l'homme, c'est Dieu qui l'a placée dans notre ame, elle est le gage de notre immortalité.

— *Adolphe*. Qu'as-tu donc, cher Wilhelm, tes yeux sont animés d'un feu singulier, et remplis de larmes ?

— *Wilhelm*. Je pleure sans doute, mon cœur est plein d'une émotion, d'un sentiment extraordinaire. Nous allons nous séparer, Adolphe, le tems et l'absence vont s'établir entre nous; je t'ai aimé, je t'aime encore, je voudrais pouvoir te jurer que je t'aimerai toujours, mais je sais qu'il n'est pas au pouvoir de l'homme de tenir ce serment. J'ai l'espoir que ton amitié sera la récompense de ma vie; mais qui sait si cet espoir sera réalisé. Adolphe, soyons ce que nous pouvons être, toujours vertueux, nous resterons alors amis quand même nous cesserions de nous aimer, même alors nous pourrions mourir l'un pour l'autre.

— *Adolphe*. Soyons éternellement amis, éternellement vertueux! que la vertu soit notre destination, l'amitié notre récompense. Ayons un signe, Wilhelm, qui nous rappelle à jamais ce moment. Tiens, j'ai apporté exprès de la poudre à canon, fais-moi avec ton canif une incision sur le bras qui ait la forme de la lettre initiale de ton nom, un double W. Je ferai un A sur le tien ; nous le frotterons avec de la poudre à canon comme font les matelots, et notre amitié durera éternellement comme ce signe.

— *Wilhelm*. Eternellement! ..... Cette lettre ..... ces points noirs ..... ces bras! ....

— *Adolphe*. Et ils nous rappelleront toujours la promesse que nous venons de faire d'être fidèles à la vertu et à l'amitié.

— *Wilhelm*. Qu'est-il besoin d'un signe pour se rappeller de cette heure ?

— *Adolphe*. Singulier ami ! tiens, suppose que je puisse un instant dans ma vie oublier cette heure et la vertu, et mon ami ; tu viendrais me parler peut-être, Wilhelm, je ne voudrais pas, je ne pourrais pas t'écouter; eh bien! tu découvrirais ton bras, tu me montrerais cet A que nous y allons graver. Ne crois-tu pas alors que comme un talisman magique, il me retracerait à l'instant même cette heure où j'ai promis d'être fidèle à la vertu.

— Eh bien! soit, dit Wilhelm, puisque tu le crois nécessaire. Il ôta son habit, releva la manche de sa chemise, posa son bras nud sur le cœur de la comtesse Elisabeth, et ne sourcilla pas pendant qu'Adolphe fit l'opération d'y graver un A.

Le tour vint à Adolphe; à la première incision du canif il jetta un cri perçant. Tu as bien assez de ce point lui dit Wilhelm en souriant.

Le soir avant le départ les deux amis se revirent encore. Adolphe qui venait de prendre congé des Belman, dit à Wilhelm, c'est fini, je ne songe plus à Henriette. Parles-tu sérieusement, demanda Wilhelm avec une grande vivacité ? Adolphe le lui jura solennellement. Ils passèrent la nuit ensemble, et le lendemain matin Adolphe vint faire ses adieux à ses deux protecteurs le trésorier et le capitaine ; ce dernier lui serra tendrement la main, et lui glissa une bourse pleine d'or, puis vint embrasser son cher Wilhelm de manière à faire comprendre que c'était à sa priere qu'il avait fait ce présent. Ferdinand qui s'était accoutumé à l'ami de Wilhelm fut très-ému ; jeune homme, lui dit-il en secouant sa main, sois avec la tête ce que tu voudras, un dogmatique, un sceptique, mais que le doute n'approche jamais ton cœur, et pour cela préserve-le du remords ; dans tout ce que tu feras pense toujours au chagrin qui pourrait en être la suite ; je ne puis rien te conseiller de plus pour ton bonheur, le reste dépend de Dieu. Tous l'accompagnèrent et revinrent avec le cœur serré. Wilhelm alla se promener au monument. Henri entra dans sa chambre et pria Dieu.

---

## CHAPITRE V.

Quelques jours après le départ d'Adolphe, les deux freres déjeûnaient ensemble, c'était le matin de l'anniversaire de la naissance d'Henri; Ferdinand reçut une lettre; suivant sa coutume il examina avec soin l'adresse avant que de l'ouvrir; je connais cette écriture, dit-il à son frere, et cependant il me serait impossible de dire de qui est la lettre; c'est très-singulier, je jurerais d'avoir déja reçu plusieurs lettres de la même main. Il la retourna, examina le cachet, fit un mouvement assez vif pour le briser, puis sans ouvrir la lettre il la posa sur son bureau, et la regarda d'un air rêveur.

Sais-tu à présent de qui elle est, mon frere? dit Henri.

— Oui, je sais de qui elle est, dit Ferdinand avec un soupir, si seulement je savais ce qu'elle contient!

Il se leva, se promena dans la chambre d'un air inquiet en regardant de tems en tems la lettre qui était sur le bureau; le capitaine aussi la regardait et puis son frere avec un air d'intérêt et de tendre sollicitude. — Elle ne t'annoncera rien de fâcheux, j'espère, dit-il enfin, en souriant.

— *Ferdinand.* Je n'en sais rien encore; mais quoique ce soit, je ne veux pas qu'elle me gâte le plaisir de cette journée. Je veux faire comme si j'étais un ministre d'Etat, et que cette lettre fut un placet, je vais la laisser là jusqu'à ce que j'aie le loisir de la lire.

— *Henri.* Mais le devoir d'un ministre ne serait pas de mettre un placet de côté; sait-il avant de l'avoir lu de quelle importance il est pour celui qui l'a écrit qu'il soit lu tout de suite. Quand je pense, mon frere, que ces placets sont peut être écrits avec une main tremblante, un cœur serré, une ame en peine; un ministre, un roi même, devraient-ils les jeter dans un coin; et cette lettre, Ferdinand, peut-être est-elle écrite aussi par quelqu'être bien malheureux, et tu la laisserais là pour ne pas troubler un moment ta joie (il prit la lettre et la tendit à son frere.)

Ferdinand la prit, et dit en l'ouvrant; tu as raison, je vais la lire; mais si ce soir, mon frere, si ce jour de ta naissance, si heureux pour moi, tu me vois dans l'affliction, tu me le pardonneras; quant à moi je ne dois pas me plaindre.

Il parcourut la lettre d'un regard rapide; je sais à présent le contenu, dit-il, demain je la relirai plus attentivement, j'enfoncerai dans mon cœur toutes les épines qu'elles contient, pour aujourd'hui, c'est assez.... je voudrais qu'elle fut arrivée un jour plus tard; c'est, ajouta-t-il d'une voix altérée, comme une main ardente qui s'est posée sur ma conscience.

Non, non, mon frere, dit Henri en se levant avec vivacité, graces au ciel il n'est pas nécessaire d'une main ardente pour réveiller ta conscience.

— *Ferdinand.* Une main brûlante, te dis-je mon frere, et je te répete encore que je voudrais que cette lettre ne fut venue que demain..... aujourd'hui je ne puis que soupirer.

— *Henri.* Tu m'allarmerais, Ferdinand, si je ne savais pas que dès ta jeunesse tu as eu du penchant à exagérer même les fautes que tu commettais; mais si effectivement il y a ici quelque chose de plus grave, je remercie Dieu de ce que la lettre est arrivée aujourd'hui. Mon frere, tu sais ce que je puis faire..... s'il est question d'argent.... si avec de l'argent..... on peut réparer..... tout ce que j'ai est à toi.

— *Ferdinand.* Cher, cher frere..... ah! sans doute, il y a beaucoup à réparer; mais il faut auparavant que je soulage mon cœur en te disant toute ma faute; tu en as déviné une partie, mais tu ne sais pas tout.

*Henri.* Ne me dis rien aujourd'hui, mon frere, et même jamais, si cela te fais trop de peine. Si c'est une faute, termine la chose avec Dieu et ta conscience; je pourrais être trop sévère: tu sais que nous le sommes souvent pour les fautes qui nous sont étrangères, et la dureté d'un frere est doublement douloureuse.

— *Ferdinand.* Dur.... toi mon frere, et avec moi ! ne vois-je pas déja des larmes dans tes yeux ? laisse-les couler, de telles larmes sont belles, même dans les yeux d'un soldat.

— *Henri.* Mon frère, il m'en coûterait beaucoup de te dire seulement, tu n'as pas bien agi, et te déguiser la vérité, je ne le puis pas non plus..... tiens, je préfere que tu ne me dise rien.

— *Ferdinand.* J'y réfléchirai ; je pense en effet que je pourrai sans ton secours.... mais n'en parlons plus pour le moment, demain, demain.

Le lendemain à déjeûner, le capitaine raconta à sa belle sœur et à Wilhelm tous les traits de la vie de son frere qui pouvaient lui faire honneur, et prouver son bon caractere.

Tu fais, lui dit Ferdinand, comme l'avocat d'un criminel qui va être condamné

damné à mort; il rappelle tout ce qui peut être dit en faveur de son client, toutes les bonnes actions de sa vie.

Le capitaine sourit, serra la main de son frere, et continua ses éloges. Mais quand Mad. Rosenbach fut sortie pour vaquer à son ménage, et Wilhelm pour faire une course à cheval; à présent, dit le trésorier, je vais me dépouiller des vêtemens brillans dont tu viens de m'habiller; je suis curieux de voir comment tu trouveras les haillons dans lesquels je vais me présenter à toi.

— *Henri.* Comme un habit de gala, je te le jure mon cher frere; je n'ai pas fermé l'œil de la nuit; j'ai repassé dans ma tête, tout ce que je connais de ta vie, et j'ai observé avec étonnement combien, malgré la vivacité de ton caractère et de tes passions, il y avait peu de choses à te reprocher. Je suis de mon naturel, plus doux, plus patient, plus froid, ou plus tranquille que toi et cependant..... à présent raconte..... Je t'écoute.

— *Ferdinand.* Tu te rappelles sans doute, lorsque j'allai te faire visite à Minden; il y avait alors six ans que je ne t'avais vu.

— *Henri.* Ah! si je me le rappelle! c'était un beau moment que celui où je te vis entrer dans ma chambre, et où tu te jetas dans mes bras. Ce sont de ces momens qu'on n'oublie pas.

— *Ferdinand.* Je suis sûr que tu as oublié qu'en nous quittant tu me forças d'accepter cinquante louis que tu avais épargné quoique je n'eusse pas à cette époque besoin d'argent; je te le dis, tu me répondis, sers-t-en pour ce qui te fera plaisir, le mien est de te le donner. Je voulus t'obéir, et l'idée me vint d'aller le dépenser aux bains de Wilhelmsbad : dans ce tems là, j'étais, s'il t'en souvient, un grand garçon assez bien fait.

— *Henri.* Ce n'est pas pour te flatter mon frere, mais je sais fort bien que ta figure attirait tous les regards des jeunes filles.

— *Ferdinand.* Je m'en appercevais aussi, et plus que je ne l'aurais dû. J'arrivai donc aux bains où il y avait cette saison là beaucoup de monde ; des chanoines, des barons, des comtes, des gens de toute espèce, et de tout âge. J'étais bien mis, ma bourse était bien garnie, je me trouvai bientôt en relation avec tous les jeunes seigneurs, et voici comment.

Peu de jours après mon arrivée j'entrai un soir dans un café où il y avait beaucoup de monde ; je fus enchanté de la politesse, du ton aisé, de la gaicté de toute cette société. Dans les premiers momens j'eus sans doute l'air un peu gauche et embarrassé ; mais tu sais comme j'étais alors vif, gai, et j'ose le dire assez aimable quand je voulais l'être. Je me mis bientôt à mon aise ; j'étudiai leur maniere, je saisis ce qu'elle avait d'agréable ; quelques saillies, quelques mots heureux, me firent remarquer ; le premier succès m'enhardit, je m'abandonnai à ma gaieté naturelle, et tu te rappelles combien j'étais monté quelquefois.

— *Henri.* J'ai toujours mieux aimé te voir sans cette gaieté extrême, mais j'avais tort peut-être, elle est la preuve d'un cœur innocent, et je sais qu'elle prévenait souvent en ta faveur ; mais combien tu me paraissais plus aimable quand tu ne t'y livrais pas !

— *Ferdinand.* Je t'assure que j'ai toujours été mécontent de moi après ces accès de gaîté ; mais je te l'avoue, la vanité, le desir de briller dans la société où je me trouvais, le plaisir du succès, tout contribua à m'enivrer. On jouait gros jeu, on buvait du punch, des liqueurs, mais ce qui me frappa le plus, c'était une femme d'une beauté remarquable qui se trouvait seule au milieu de ce cercle de jeunes hommes; elle y conservait le ton et le maintien de la décence, quoiqu'elle partageât notre gaîté. Je sus bientôt que c'était une Italienne, fille d'un directeur d'opéra *buffa*, qui se trouvait aux bains. Sa beauté, l'harmonie de sa voix, l'aisance de ses manieres, et surtout la distinction dont elle m'honora, me jetterent dans une espèce de délire; je m'abandonnai sans réserve à cette gaîté folle que tu n'aimais pas, et qui me réussit à merveille dans une société que j'animais. On me combla d'éloges, et de prévenances ; un jeune comte très-riche m'invita pour une fête qu'il donnait le lendemain dans une maison de campagne qu'il habitait. C'était en faveur de la belle italienne ; je n'eus garde d'y manquer, et je vis bientôt à la maniere dont je fus reçu que j'étais attendu avec impatience, et qu'on avait parlé de moi.

La belle signora me fit placer auprès d'elle à table, au jeu, s'appuya sur mon bras pour la promenade. On chanta, on dansa ; et partout je fus distingué de la manière la plus flatteuse ; ma gaîté s'en augmenta, je fus très-brillant et mon succès fut complet. Il y avait là d'autres femmes qui ne cessaient de répéter combien j'étais aimable, charmant, délicieux ; je recevais ces éloges comme si j'y étais accoutumé. Les hommes cachaient à peine leur dépit et leur jalousie ; enfin rien ne manqua à mon petit triomphe. Il se trouva là des fleurets; on proposa de faire des armes, tu sais comme j'étais fort à cette exercice où nous passions des journées entieres toi et moi dans notre premiere jeunesse; je battis tous les jeunes gens qui se trouvaient au bains, et peut-être est-ce à cette circonstance que je dus, de n'y avoir aucune mauvaise affaire. Nous revînmes fort tard à Wilhelmsbad; on recommença le lendemain et tous les jours suivans; une vie pareille et dans la societé de gens de la premiere noblesse, me parut, je te le confesse, le bonheur suprême, la vie la plus délicieuse.

— *Henri.* J'espère, mon cher Ferdinand, qu'elle ne te parut telle que pendant quelques jours, et qu'ensuite....

—*Ferdinand*, ensuite.... oui sans-doute, douze, ou....ou quinze ans après je n'y trouvai plus le même goût; mais alors, mon frere, un genre si nouveau pour moi, des succès si flatteurs, un ton, des manieres, auxquelles il m'avait paru si difficile d'atteindre et que j'avais saisi avec tant de promptitude, tout cela me tourna la tête.... et j'étais très-satisfait de ma petite personne.

Mes nouveaux amis n'imaginèrent pas un instant que je pusse n'être pas un seigneur de la première distinction; mon hôte que je payais bien, m'appelait le baron de Rosenbach.... bientôt je ne fus connu que sous ce titre, et...... je...... je me laissai élever à ce grade.

( Le capitaine pour avoir un prétexte de baisser les yeux s'occupa à tuer un moucheron qui se promenait sur sa jambe.)

Je jouai gros jeu et je gagnai beaucoup; j'étais toujours de moitié avec la belle italienne, et j'ai lieu de croire qu'on me laissait gagner exprès pour exciter cette passion si funeste aux jeunes gens, et me dépouiller ensuite.

— *Henri.* Les maudites mouches. ( et il se donna un coup sur la jambe. )

— *Ferdinand.* Je suis fâché, cher Henri, de l'inquiétude qu'elles te donnent; et j'ai peur qu'il n'en vienne bien d'autres. Mais je ne te cacherai rien.

Le jeu m'avait procuré assez d'argent pour prolonger mon séjour aux bains, et j'y restai. Je passai pour l'amant en titre de la belle italienne; partout on nous voyait ensemble, et cependant je te jure qu'il n'en était rien; elle flattait ma vanité par ses préférences, elle animait mon esprit par la vivacité du sien, elle m'amusait par ses talens; je trouvais du plaisir à la voir, à l'entendre, à l'emporter sur tous les hommes qui la suivaient, mais mon cœur n'était pas touché.... Je ne sais cependant ce qui serait arrivé, notre relation devenait tous les jours plus familière, j'entrais chez elle à toutes les heures; elle avait l'air avec moi de la plus intime confiance et cherchait à s'insinuer dans la mienne; mais lorsqu'elle crut l'avoir obtenue, elle se laissa pénétrer, me dit tous ses secrets, voulut me mettre de moitié de tous ses plans, et se montra à moi sous le jour le plus méprisable. Associons-nous, me dit-elle, je suis jolie, vous êtes aimable; avec ma figure et votre esprit nous duperons qui nous voudrons, et le monde, et ses trésors nous appartiennent..... Tout mon orgueil se réveilla quand j'appris où elle en voulait venir.... Je la regardai avec indignation, et je rompis absolument avec elle.

— *Henri.* Le ciel en soit loué, mon

frere, j'étais sur des charbons ardens. Ce n'est donc pas elle qui.... mais continue.

— *Ferdinand.* Je voulus me donner le triomphe de l'humilier publiquement, j'avais le double motif d'éclairer sur son compte ceux qu'elle voulait duper, et de prouver que je n'avais aucun rapport avec elle. La scène fut telle qu'il ne resta aucun doute sur la nature de nos relations ; on me prêta même dans cette affaire un projet que je n'avais jamais eu ; on prétendit que j'étais venu exprès aux bains pour démasquer cette femme, et venger un de mes amis trompé par elle ; on admira l'adresse avec laquelle j'avais su la prendre dans ses propres filets, et la considération qu'on me témoignait en augmenta. Envain voulut-elle répandre que c'était moi qui trompais tout le monde, que j'étais un escroc, un aventurier ; on mit tout ce qu'elle dit sur le compte de la colère et de l'esprit vindicatif de sa nation ; on redoubla d'égards pour moi. Je cessai de jouer, je payais bien et même généreusement ; j'avais une connaissance des langues et de la littérature qui supposait une excellente éducation, et j'étais servi d'ailleurs par la vanité de ceux qui m'avaient d'abord montré de la bienveillance, et présenté par tout. J'aurais juré que je n'étais pas baron qu'on n'aurait pas voulu me croire.... bref, je jouai un rôle assez brillant, jusqu'à ce que...... Je te plains mon frère, tu vas souffrir, mais mon histoire est instructive.... je voudrais que Wilhelm fut là pour l'entendre.

— *Henri.* A Dieu ne plaise ! cher Ferdinand, tu étais jeune alors, il l'est aussi....

— *Ferdinand.* Et c'est présiment

à cause de cela..... Mais à la bonne heure et je vais te continuer mes confessions..... je te l'avoue, mon frere, tu as toujours été si sage, même à présent tu es à un tel point meilleur que moi, que je n'ai jamais osé te conter les fredaines de ma jeunesse, et sans cette lettre tu n'aurais peut-être jamais su.... mais il faut que tu saches tout actuellement, il faut que tu connaisses ton frere comme toi-même; si je perds quelque valeur dans ton opinion, je gagnerai dans ton cœur. Qu'est-ce qui attache plus que la confiance? Attends-toi à une histoire singulière.

Le capitaine voulut répondre, il ne le put pas; il essuya une larme, serra la main de son frere, approcha un peu plus sa chaise de lui, et le regarda avec cette amitié, cette indulgence qui dispose si bien à ouvrir son cœur à celui qui nous écoute ainsi.

— *Ferdinand*. Je changeai totalement de genre de vie, je cessai de voir mes jeunes et brillantes connaissances, et je fus admis dans des sociétés qui m'avaient été interdites pendant mes relations avec l'italienne. Je trouvai là un ton tout-à-fait différent, et qui me plut davantage ; on m'encensait moins, mais on m'écoutait, on me demandait mon avis, et presque toujours mon opinion entraînait. Je sentis que ce que j'avais pris pour le ton de la bonne compagnie, n'était que celui de la licence et du libertinage ; .... j'en eus horreur, et je renonçai dès lors absolument à ce genre de société. Dans celle où j'étais alors on était aimable sans avoir besoin de cette gaîté factice qui n'est que de l'étourdissement.

On établit alors à Wilhelmsbad un grand jardin public, pour la promenade et les plaisirs des baigneurs. Le premier jour qu'il fut ouvert, tout le monde s'y rendit, et j'y fus aussi; j'arrivai tard; dans un coin du jardin plusieurs personnes, beaucoup de jeunes gens surtout, étaient rassemblés en groupe, et regardaient une machine élevée que je ne connaissais pas. L'entrepreneur, à qui je demandai ce que c'était, me répondit qu'on appellait cette machine une *escarpolette Russe*, et que c'était un jeu très-amusant.

Comment s'en sert-on, demanda une jeune fille? Le son pur et argentin de sa voix me fit regarder de son côté, et je vis à quelques pas de moi une figure noble, une taille élancée et svelte, des yeux noirs et pleins de feu, et un maintien rempli de graces et de dignité. Je ne l'avais point apperçue auparavant et je ne pouvais en détourner mes regards.

Je n'entendis pas une syllabe de tout ce que lui dit l'entrepreneur pour lui décrire la machine et la manière de s'en servir..... je ne vis que la jeune fille qui regardait alternativement l'homme qui lui parlait et l'escarpolette, que deux personnes mettaient en mouvement. Tu ne connais pas cette espèce de jeu, mon frere; c'est une grande roue de vingt pieds de diamêtre, à laquelle sont suspendus quatre siéges mobiles, qui montent et descendent alternativement lorsque la roue tourne. Aucun des spectateurs ne connaissait encore cette espèce d'escarpolette ou de balançoire, et personne n'osait commencer à en faire l'essai.

L'entrepreneur vint auprès de moi et me dit à voix basse; faites-moi le plaisir de commencer, Mr. le baron, et tout le monde suivra; mais il faut être deux, proposez à l'une de ces dames d'y monter avec vous. Je jetai un regard sur la belle inconnue. Elle sourit et dit en s'avançant avec grace; voulez-vous essayer, monsieur, nous rendrons service à l'entrepreneur, et il n'y a rien à risquer. Je pris sa main et la conduisis auprès d'un des siéges sur lequel elle se plaça sans hésiter. Le maître très-reconnoissant de sa complaisance voulut lui expliquer comment il n'y avait point de danger. — Je le vois fort bien, lui dit-elle en l'interrompant, le siége est mobile et tourne en même tems que la roue. Commencez.

La roue tourna; quand elle fut au-dessus, je m'assis dans le siége qui se trouvait perpendiculairement au-dessous d'elle. On faisait foule autour de nous, et on battit des mains pour nous applaudir....... Comme on est enfant longtems, mon frere, ne le suis-je pas encore? Le souvenir de ce moment me fait toujours plaisir. Quand je fus à mon tour au-dessus, j'avançai la tête pour voir ma belle compagne au-dessous de moi; elle leva la sienne avec une grace infinie et me dit en souriant; vous êtes bien fier la haut, mais j'aurai mon tour; vous descendez et je monte.

Ce jeu est cruel, lui dis-je, on ne se rencontre point. La roue tournait lentement; plus vite, dit-elle quand elle fut au dessus; et en même tems elle me jeta une rose qu'elle avait à la main. Je la reçus en tournant. — A moi la rose, me cria-t-elle quand je fus remonté; je la jetai, elle la reçut aussi, me la rejeta encore; mais cette fois je la gardai, et lui criai que le mouvement était trop rapide pour que je pusse la renvoyer. Nous commençames à tourner extrêmement vite, tous les objets paraissaient tourner avec nous ; je perds la tête, lui dis-je. — La mienne tient encore, répondit-elle en la secouant, mais arrêtons nous. Nous descendîmes ; il y eut un grand empressement pour nous remplacer ; nous venions de donner l'exemple et dès lors l'escarpolette ne cessa pas d'être occupée ; elle était entourée de spectateurs, nous nous écartâmes un peu de la foule et nous regardions la roue ; entendez-vous ce tumulte joyeux me dit ma compagne, ils sont aussi comme des enfans.

— Ou comme des hommes :

Elle me regarda pour comprendre le sens de ce que je lui disais.

Si près l'un de l'autre, lui repondis-je, et ne pas se rencontrer, c'est comme dans la vie humaine, les personnes qui se conviennent le mieux se cherchent souvent inutilement, et ne s'approchent les uns des autres qu'au moment où ils sortent de la roue de la vie.

C'est toujours quelque chose, dit-elle en souriant, que de tourner ensemble; il y a toujours un point où l'on se rencontre, et où on s'entend; un regard, une parole, une fleur qu'on se jette en passant, et la connaissance est faite. Cette roue est l'image de l'homme, disiez-vous; non pas de l'homme, mais du bonheur de l'homme, qui monte et descend alternativement. Ce qu'il y a de plus à craindre c'est l'immobilité, c'est pour cela que les hommes aiment le danger et que l'espèce de vertige qui nous saisit lorque nous sommes sur un lieu très-élevé, a quelque chose d'agréable.

— Cependant, lui dis-je, tous les hommes aiment le repos.

— Excepté ceux qui l'ont déja, reprit-elle ; alors il les ennuie. Les hommes veulent du changement. Elle avait en disant cela un air de dignité sérieuse.

— Vous devriez au moins, lui dis-je, lancer vos épigrammes en souriant, et non pas avec un air aussi sérieux.

— Pourquoi donc, je m'afflige plutôt que de me réjouir de ce qui ne fait pas honneur à l'homme ; cependant est-ce sa faute s'il ne peut nourrir aucun sentiment constant ; si l'amour, l'amitié, la haine, s'effacent de son cœur..... J'allais répondre ; nous nous entendîmes appeler du côté de l'escarpolette, nous nous approchâmes ; les sieges étaient assez grands pour que deux personnes fussent placées dans le même commodement ; à présent tout le monde était familiarisé avec cet exercice qui avait l'attrait de la nouveauté. Trois couples occupaient trois siéges, on nous invitait à nous placer ensemble dans le quatrieme. — Je

regardai ma compagne ; elle rougissait :
— la place est bien étroite, dit-elle.

Il est vrai, repris-je, mais *lorsqu'on s'est rencontré, lorsque la connaissance est faite, lorsqu'on se convient*, peut-on être trop près? Nous n'aurons plus besoin de nous jetter la rose, nous respirerons ensemble son doux parfum.

Elle sourit, je lui donnai la main, et nous nous assîmes dans le siége vide. Dès que nous fumes placés la roue se mit en mouvement ; et je passai le bras autour de la taille de ma compagne pour l'empêcher de tomber. Nous entendions des éclats de rire tantôt au-dessus, tantôt au-dessous de nous ; ma compagne regardait devant elle d'un air sérieux et modeste ; je me tournais souvent de son côté, et à chaque instant son beau profil me frappait davantage.

Au moment où la roue s'arrêta, et où nous descendîmes, je lui dis imprudemment ; je vous ai retenue jusqu'à ce que la roue de la vie se soit arrêtée. Elle jeta sur moi un regard rapide...... je rougis, mais je n'apperçus sur son visage aucune trace de gaîté ni de chagrin. Elle alla au-devant d'une femme âgée que nous vîmes s'avancer vers nous.

Lorsque les jours suivans j'eus l'occasion de la rencontrer, elle me salua d'un air d'amitié comme une ancienne connoissance ; nous projettons une partie de carrousel, me dit-elle un jour, voulez-vous en être. Je ne connais point ce jeu, je veux l'essayer. Je pris son bras, et je la conduisis au carrousel ; elle y monta, et manqua très-rarement la bague, tant elle avait le coup-d'œil juste et le mouvement sûr. Quand elle eut fini sa course, elle céda sa place à une autre femme, et nous nous assîmes ensemble sur un banc voisin. Nous plaisantâmes sur notre connaissance qui commençait et se continuait sur un théâtre aussi mobile qu'une escarpolette et un carrousel. Elle soutint cette plaisanterie avec esprit et délicatesse, et cette seule conversation aurait suffi pour m'intéresser à elle.... J'en conviens, dit-elle, en me quittant, je vous en ai déja fait l'aveu, j'aime les exercices qui font un peu tourner la tête, et je reviendrai souvent ici. Je lui baisai la main et je rentrai chez moi fortement occupé d'elle.... Je vois sur ta phisionomie ce que tu penses, mon frere, le ton léger de ma nouvelle connaissance, cette escarpolette, ce carrousel te déplaisent : je t'en prie, ne te hâte pas de la juger, ce n'est pas une femme ordinaire que j'ai à te dépeindre; à ce ton léger était joint

un

un maintien si décent, une telle expression d'innocente gaîté qu'il forçait au respect, et quant à ces jeux ils étaient reçus aux bains ; toutes les femmes les essayaient, la seule différence c'est qu'aucune n'y mettait autant de graces, plus de franchise, et moins de prétentions.

Depuis que j'étais lancé dans le grand monde, il s'était présenté à moi de deux manières bien différentes et presque dans les deux extrêmes, la licence et la gaîté désordonnée, ou cette politesse froide et cérémonielle de la bonne société qui ressemble souvent à l'ennui, lorsqu'on n'y connaît personne. Celle que je voyais depuis quelques semaines me paraissait fort estimable, mais souvent fort insipide ; j'y rencontrais beaucoup de jolies femmes, aucune ne m'avait fait même autant d'impression que l'Italienne ; malgré tout le feu de l'âge et un cœur très-susceptible, il était resté tranquille jusqu'au moment où je vis la jeune personne dont je viens de te parler; je trouvais en elle un être tout différent de ceux que j'avais rencontrés jusqu'alors; elle avait tant de gaîté et cependant quelque chose de si noble, de si élevé; tout ce qu'elle disait, tout ce qu'elle faisait avait une manière si gracieuse, si originale, son caractère était si prononcé et si intéressant, l'ensemble de sa figure et de sa phisionomie variée et animée était si piquant, qu'il était impossible de la voir avec indifférence. Le lendemain du carrousel je l'apperçus dans la foule des buveurs d'eau; j'éprouvais avec elle une sorte de timidité dont je ne pouvais me rendre raison à moi-même, mais dès qu'elle me vit, elle vint à moi, et nous commençâmes à causer.

Cette foule, me dit-elle, lorsque je la vois de loin a quelque chose qui m'attire, et je n'y suis pas plutôt que je desire d'en sortir. Depuis trois ans je vais tous les étés à des bains, j'ai peine à me défaire de l'illusion qui me fait croire que des visages nouveaux et les amusemens de ces lieux là parviendront à m'intéresser.

Nous parlâmes ensuite des plaisirs de la societé, de ceux de l'amitié ; notre conversation prit bientôt un ton de confiance qui la soutint. Pendant huit jours nous passâmes ensemble toutes les heures où nous pouvions nous voir ; le quatrième jour, nous rencontrâmes l'italienne à la promenade, ma compagne fut frappée de sa beauté, et me demanda si je la connaissais. Je lui dis son nom.

Ah ! c'est elle, dit-elle vivement, oui, sans doute vous la connaissez, et très-particulierement; hier j'entendis parler de vous et d'elle.... vous étiez très-liés, dit-on..... Faites-moi le plaisir de me dire ce qui vous attirait en elle ?

Je réfléchis quelques instans pour répondre à une question que je ne m'étais jamais faite à moi-même.

Si vous trouvez ma question indiscrette, reprit-elle, en voyant mon embarras, supposez que je n'aie rien dit, je.....

— *Henri.* En effet, mon frere, cette question de la part d'une jeune personne me parait assez déplacée.

— *Ferdinand.* Si tu avais entendu le ton de cette question; si tu avais vu cette physionomie si franche, si ouverte, et en même tems si calme, tu la lui aurais pardonnée. Je ne sais, lui dis-je, comment nommer, ou vous définir, ce qui m'attirait vers cette étrangère ; j'ai fait sa connaissance au milieu d'un cercle d'hommes ; elle était la seule femme qu'il y eut dans ce cercle ; sa figure me frappa lorsque j'entrai ; elle avait quelque chose de singulier, que je ne sais comment vous dépeindre ; une phisionomie ouverte, animée, un maintien aisé, et cependant elle savait contenir dans les bornes de la décence une jeunesse inconsidérée.... Si je me rappelle bien l'impression du premier moment, je crois que ce qui me charma en elle fut cet air d'assurance et de confiance en elle-même.

Les hommes, me répondit ma jeune amie, donnent souvent un autre nom à cette assurance dont vous me parlez ; quelquefois ils peuvent être dominés par une femme de ce caractére, mais en général c'est le plus grand défaut qu'une femme puisse avoir.

—*Henri.* Elle avait raison, mon frere, très raison. Et qu'est-ce que tu lui répondis ?

—*Ferdinand*. Je vous ai dit, mademoiselle, que dans cette première entrevue elle se conduisit avec beaucoup de décence, et que cet air d'assurance et de noble fierté en imposait à ce qui l'entourait. J'ai souvent vu prendre pour de la modestie féminine cette timidité qui vient de faiblesse, de manque de caractère ; ou quelquefois d'une espèce d'amour-propre. La vraie innocence est, à ce que je crois, toujours assurée et courageuse.

Elle sourit ; fort bien, dit-elle, et qu'est-ce qui vous a détaché de cette femme courageuse ?

Je me trompais, ou plutôt elle me trompait, elle n'avait pas un caractère vraiment féminin, elle feignait cette innocence courageuse, et s'en servait comme d'un moyen de satisfaire sa vanité et sa cupidité..... C'est à mon gré le plus grand défaut des femmes ; car il les dénature.

Comment donc, demanda-t-elle vivement ? Je ne vous ai pas compris.

On a souvent dit, repris-je, que la coquetterie est naturelle aux femmes, mais c'est une calomnie ; les femmes naissent pour aimer, pour s'attacher exclusivement, voilà leur belle destination. Une jeune personne veut plaire en général, jusqu'à ce qu'elle ait trouvé celui qu'elle peut aimer ; alors il n'existe plus qu'un seul homme pour elle, alors elle ne fait plus d'efforts que pour plaire à celui là. La coquetterie ôte donc à une femme le vrai caractère de son sexe, elle la dénature ; ce n'est plus une femme.... c'est..... un être dégradé, qui ne fait le bonheur de personne et manque sa destination.

Pourquoi, dit l'étrangère, ne pas

faire la même application aux hommes? Ils ont leur coquetterie comme les femmes.

— Vous avez raison; celle là doit être punie par le froid mépris de toutes les femmes honnêtes, et par la moquerie des hommes.

Qu'est-ce donc qui caractérise vraiment une femme, me demanda-t-elle, avec la plus touchante ingénuité?

Un sentiment plus fort que moi m'entraîna, et je lui répondis; le cœur fidèle d'une épouse, le cœur sensible et prêt à tous les sacrifices d'une mere. Peu s'en fallut qu'en disant cela je ne la prisse dans mes bras en lui disant: c'est toi, c'est ton cœur, fille aimable et chérie. Nous étions alors dans une allée très-ombragée d'un petit bois, la douce clarté de ce dôme de verdure, le chant des oiseaux, la solitude, tout agissait à la fois sur mon cœur et sur mon imagination ; cependant je vins à bout de cacher au-dedans de moi ce que j'éprouvais. En sortant du bosquet nous nous trouvâmes sur une colline, et le pays était à découvert tout autour de nous ; nous nous assîmes sur le gazon pour admirer à notre aise la beauté du paysage, une douce confiance était établie entre nous, je cueillais des roses sauvages sur un églantier qui était derrière nous, et je les arrangeais dans ses jolis cheveux bruns; elle me laissait faire avec un doux sourire. Au retour nous parlâmes de nos caractères, de notre éducation, de notre manière de penser et de voir les objets, et nous nous trouvions presque toujours d'accord. — Ne serions-nous point parens de sang ; lui dis-je dans mon enthousiasme ?

Comment cela ! dit-elle d'un air étonné? Je serais charmée, je vous assure, ajouta-t-elle avec le ton de l'amitié, que nous eussions une relation de parentage ensemble.

Eh bien! voyons, lui dis-je en prenant sa main; n'est-ce pas le sang qui coule dans ces veines qui met votre cœur en mouvement? Et si ce cœur sent avec moi; s'il bat à l'unisson du mien.... ?

Ah! c'est ainsi que vous l'entendez, mon cher cousin, me dit-elle en riant.... Eh bien! comme vous voudrez..... mais vous voulez que nous soyons parens, dites-vous, et vous ne savez pas seulement le nom de votre cousine.

Je rougis; il était vrai que je l'ignorais.

Pour moi, continua-t-elle, je ne suis pas si indifférente pour mes amis, je sais que vous vous appellez Ferdinand de Rosembach.

J'étais embarrassé...... C'est bien simgulier, lui dis-je enfin, qu'il ne me soit pas venu dans l'esprit que vous dussiez avoir un nom, et si vous me permettez de vous appeller *cousine*, je n'ai pas besoin d'en savoir davantage.

— Et moi, je veux que vous sachiez que votre cousine s'appelle Antonie.

C'était le nom de votre pere, répondis-je d'un air distrait ?

— Non, c'est le mien, dit-elle en souriant.

Je pris sa main, et la pressai sur mes lèvres, j'aurais voulu me jeter à ses pieds pour la remercier de m'avoir dit ce nom, et je répétais à chaque instant, cousine, chère cousine Antonie.

Pour la première fois elle m'invita à l'accompagner à son logement, et à monter chez elle; là elle me présenta à la femme d'un certain âge qui vivait avec elle et qu'elle appellait sa tante;

celle-ci me reçut très-bien. Il existait entre Antonie et cette prétendue tante une espèce de ton singulier que la première cherchait à me cacher, mais qui me frappa ; la tante n'avait point avec sa nièce la tendresse d'une parente, mais le respect d'une inférieure, et celui d'Antonie me parut gêné.

— *Henri.* Je crains, mon frere, que tu ne sois tombé là entre les mains d'une autre aventurière, plus dangereuse peut-être que la premiere.

— *Ferdinand.* J'eus aussi cette idée un instant, mais elle se dissipa au premier regard d'Antonie ; une tranquillité noble, une innocence pure animaient ce regard, et je compris bientôt qu'une tante, telle que celle que j'avais devant moi, devait avoir le sentiment de son infériorité auprès d'une nièce telle qu'Antonie. Cependant d'autres circonstances me firent bientôt découvrir qu'en effet elle n'était pas sa tante ; mais ce qu'elles étaient toutes deux, c'est ce qu'il m'était impossible de déviner.

— *Henri.* Ce qu'elles étaient, mon frere..... je ne connais pas beaucoup le monde, mais la réponse ne me paraît pas difficile ; la chose est claire comme le jour, et je commence à être véritablement en peine de toi..... par tout où il y a du mystère il ne se trouve rien de bon.

— *Ferdinand.* On ne s'informa pas non plus de ce que j'étais, on me traitait avec amitié, avec confiance, on m'appellait *cousin* ; c'était alors tout ce qu'il me fallait, et je ne songeai pas à m'informer des circonstances extérieures de ma cousine. Quelquefois cependant lorsque je n'étais pas distrait par elle, et que je trouvais la tante seule, j'entamais des conversations qui pouvaient me conduire à découvrir quelque chose, mais elle cherchait à éluder mes questions, souvent même avec un embarras visible ; je vis clairement qu'elle voulait se cacher..... je n'apperçus jamais cet embarras chez Antonie dont la franchise avec moi se soutenait.

— *Henri.* Mais que diable, mon frere.... Je demande pardon à Dieu, et à toi si je jure..... la *franchise* dis-tu.... qu'elle diable de franchise, ne voyais-tu donc pas.... Ne te venait-il jamais dans l'esprit que.....

— *Ferdinand.* Eh! mais sans doute j'avais quelquefois des idées...... des soupçons..... je me rappellais l'italienne, je me demandais si Antonie n'était point aussi une aventurière. Mais, mon frere, quelles pouvaient être ses vues sur moi, sur un jeune homme qui ne vivait dans ce moment que sur les profits du jeu ?

— *Henri.* Elles te croiaient riche, elles te croiaient baron.

— *Ferdinand.* Non, non, mon frere, je ne leur avais rien caché moi, la tante et la nièce savaient fort bien que je n'étais ni riche, ni titré ; et mille circonstances prouvaient au contraire qu'elles-mêmes avaient beaucoup d'argent. La charmante figure d'Antonie l'eût bientôt faite remarquer, plusieurs jeunes gens des premieres familles d'Allemagne, qui faisaient beaucoup de dépense, cherchèrent à lier connoissance avec elle ; au bout d'une heure de conversation, ils se retiraient pour ne plus reparaître.

— *Henri.* Tu diras ce que tu voudras, mon frere ; mais tout cela avait un air de mystère.

— *Ferdinand.* Et c'en était un, comme tu le verras. L'innocence a un caractère particulier que l'on peut imiter pendant un jour, mais non pas pendant plusieurs semaines. Tous les hommes voyaient Antonie avec admiration, et les femmes faisaient en passant à côté d'elle une grimace d'envie ou de dédain. Antonie avait l'air de ne s'appercevoir de rien, et conservait son ton naturel et son originalité. Son esprit et ses connaissances étaient très-supérieures à celles de la plupart des gens qui causaient avec elle, personne cependant n'était humilié; chacun pouvait se croire aimable en la quittant; et son cœur, son cœur!.... Tous les malheureux l'abordaient avec confiance, et s'en allaient consolés; en un mot, mon frere, c'était un ange sous tous les rapports, et je t'avoue que les jours que j'ai passés avec elle sont les plus doux de ma vie!..... Encore à présent je ne vois pas sans émotion une escarpolette russe, ou un carrousel, ils me rappellent que c'est là où j'éprouvai le premier sentiment d'amour, où elle m'avoua le sien. Un mois s'était écoulé, la saison des bains allait finir, Antonie parlait de son départ, et je pensais aussi au mien avec effroi. Enfin elle fixa le jour et ajouta d'un ton de confiance enchanteur; notre séparation me sera très-douloureuse.

Oh! Combien je sentais qu'elle me serait plus douloureuse encore; si sa tante n'avait pas été présente, je me serais dans ce moment même jeté à ses pieds, je lui aurais fait l'aveu de la passion la plus ardente; mais, hélas! je n'avais à lui offrir que ce cœur tout à elle, que mon amour et mon courage..... Cependant la laisser partir, me séparer d'elle, et ne pas lui dire au moins combien il m'en coutait, combien elle était adorée!.... Ne secoue pas ainsi la tête, mon frere, c'est à ton cœur que j'en appelle, il te dira que c'était impossible.

La veille de son départ nous fîmes ensemble une promenade, et nos pas se tournèrent vers notre chère escarpolette; la roue était en mouvement, deux jeunes filles en descendirent, et nous nous avançâmes. Prenons congé l'un de l'autre, me dit Antonie, au même lieu, et de la même manière que notre connaissance s'est faite. Elle s'assit dans un des fauteuils, je m'y plaçai à côté d'elle et je passai un bras autour de sa taille.... Plus vite, dit-elle au garçon, et nous commençâmes à monter avec rapidité.

Oh! chere Antonie, lui dis-je en la pressant sur mon cœur, pourquoi la roue de la vie ne nous entraîne-t-elle pas ainsi ensemble? Elle soupira et posa son front sur mon épaule... Oh! s'il était possible, si je pouvais prolonger cet instant jusqu'à celui où nous monterions ensemble vers l'éternité ? Jamais, jamais Antonie, ni ces bras ni ce cœur ne vous abandonneraient. Elle soupira doucement et dit avec l'accent de la tristesse ; *jamais*, c'est un mot, dont l'homme devrait se servir rarement.

Elle avait raison, mon frere, hélas! bien raison ; cette cruelle histoire m'a prouvé combien ces mots, *jamais*, *éternellement* sont peu de chose pour l'homme fragile et borné, même quand le cœur les a prononcés ; j'étais sincère alors, et cette malheureuse femme traîna jusqu'à la mort, les chaînes pesantes des circonstances, et d'un amour infortuné. Mais, je te le répéte, alors j'étais sincère, et son expression de doute blessa mon cœur. Je ne vous comprends pas, Antonie, lui dis-je, je n'ai qu'un seul sentiment, une seule pensée, c'est que je serai le plus malheureux des hommes quand vous serez partie; nous nous séparerons, mais je vous le jure, Antonie, jamais je ne cesserai de vous aimer.

Elle ne me répondit pas, mais elle pressa doucement de son bras contre sa poitrine la main dont je la tenais embrassée, et je vis une larme qui s'échappait de ses yeux et coulait lentement sur sa joue.... Nous nous taisions tous les deux, elle pressa encore ma main, et dit avec l'expression du sentiment, mais à demi voix, et si je vous aimais aussi, est-il sûr, bien sûr que vous ne m'abandonneriez jamais ?

Antonie! m'écriai-je avec transport, chère Antonie, si vous m'aimiez! si j'osais seulement l'espérer! je vous suivrais au bout du monde! jamais, jamais je ne vous quitterais.......

Elle m'interrompit ; et bien je vous aime Rosembach, me dit-elle d'un ton ferme et prononcé, je vous aime véritablement, vous m'abandonneriez que je vous aimerais de même ; mais si vous me trompez vous en serez sévèrement puni.

Nous étions descendu de la roue, et cette conversation se continuait ; en nous promenant nous avançions rapidement vers un petit bois très-épais, qui à cette heure là était peu fréquenté ; dès que nous fûmes sous ces beaux ombrages, je voulus me jeter à ses pieds, mais elle m'en empêcha et me dit avec une espèce de solennité : c'est ici Ferdinand, la circonstance la plus intéressante de notre vie ; aucune illusion ne doit nous égarer ; cette heure va décider irrémissiblement notre sort à tous les deux. Notre amour peut cesser, mais si vous avez la moindre idée, quelqu'éloignée qu'elle puisse être de devenir injuste et cruel pour moi, séparons-nous à l'instant, disons-nous adieu pour toujours ; notre relation aura été celle de deux êtres bons et sensibles que le sort a séparés à jamais. Vous m'aimez, dites-vous, comment cet amour a-t-il pris naissance ? Je vous en prie, ne me cachez rien.

Je lui contai alors tout ce que je viens de te répéter, mon frere, avec plus de détail, sur les progrès de mon sentiment et sur sa force. Elle m'écouta d'abord en souriant, bientôt ses yeux se remplirent de larmes ; elle me tendit une main tremblante. Je voulais, dit-elle en pleurant sans contrainte, je voulais vous écouter dans des dispositions tranquilles, froides même, mais mon cœur agité est plus fort que mes résolutions, il m'entraîne malgré moi ; Ferdinand, je sais combien l'amour est passager, et cependant je lui confie mon bonheur, je me confie au sentiment et à la générosité de celui que j'aime. Ferdinand, je vous aime plus que je ne puis l'exprimer; malheur à moi! malheur à vous, si je suis trompée!.... Trompée! vous, Antonie! m'écriai-je en pressant sa main dans les miennes, et en élevant mes regards vers le ciel, plutôt perdre toute consolation, toute espérance, plutôt être abandonné de mon propre cœur, plutôt perdre ma confiance pour la vertu, plutôt la mort, que de t'abandonner jamais, chère et adorée Antonie.

Ah! ne jurez pas, dit-elle vivement, si le cœur lui-même est trompé, les sermens ne sont plus que de l'air, plus qu'un mot sans valeur. Mais combien ce mot peut devenir douloureux dans l'avenir...... Laissez-moi, Ferdinand, laissez-moi décider de mon sort.

Elle me quitta, et se promena seule dans le bosquet avec agitation ; et moi, mon frere, avec quelle émotion je suivais tous ses mouvemens. Elle revint auprès de moi, et me dit avec un sourire céleste ; il faut que vous sachiez aussi l'histoire de mon amour. Elle s'assit alors sur le gazon, et me montra une place vis-à-vis d'elle ; je m'y assis d'abord pour lui obéir ; je fis tous mes efforts pour y rester, pour l'écouter tranquillement ; tranquillement, mon frere ! et même à présent que l'âge devrait me rendre si calme, mon cœur palpite encore en pensant à ses beaux yeux baissés, à cette rougeur modeste, à cette voix si douce, mais entrecoupée et tremblante avec laquelle elle me dit, oui Ferdinand, je vous aime, et je vous aimerai toujours..... Elle me raconta toute l'histoire de son amour.... Je veux te l'épargner mon frere, c'était

tait dès nuances si délicates, si tendres, c'était le développement d'un sentiment si vif et si pur. Jamais je n'avais rien éprouvé qui put se comparer à ce qui se passait dans mon ame ; je me jettai à ses pieds, dans ses bras, par un mouvement involontaire et si rapide qu'elle ne put le prévenir ; je m'assis ensuite à côté d'elle, je la pressai contre mon cœur ; Antonie tu m'aimes, disais-je avec transport! — Oui, Ferdinand, oui, je t'aime, répétait-elle doucement. Oh! mon frere, mon frere, non rien dans le monde n'égale le premier aveu, la première preuve d'un amour pur et innocent, j'étais dans un état de bonheur impossible à dépeindre; aux mouvemens les plus tumultueux, les plus violens, avait succédé une espèce de calme si délicieux et si doux qu'il me semblait que j'étais d'une nature supérieure à l'humanité, et cependant malgré l'ivresse de mon bonheur j'éprouvais un desir de mourir dans cet instant même ; ce desir était vague, irréfléchi comme tout ce qui se passait au-dedans de moi ; il tenait sans doute à la crainte de voir finir cet état qui me paraissait déja le bonheur suprême, et de me retrouver sur la terre après avoir été dans le ciel..... Tu souris, mon frere, tu penses que j'étais un insensé.

— *Henri*. Non mon frere, non je te le jure, ce que tu viens de me dire ne m'est point étranger ; je n'étais plus très-jeune quand j'ai éprouvé quelque chose de semblable, mais toutes les fois que j'y pense, une idée plus céleste encore vient s'y joindre..... Si la terre, si cette vie passagère, si ce cœur de poussière, sont susceptibles d'un tel bonheur, quel sentiment et quelles jouissances attendent l'homme dans un meilleur monde ? Cette pensée, mon frere, console de bien des peines..... mais continue.

— *Ferdinand.* Que puis-je te dire, mon frere, je suis vieux à présent, et dans la bouche d'un vieillard de pareilles peintures sont déplacées ; tu viens d'ailleurs de le dépeindre toi-même ce moment unique dans la vie, qui prouve à l'homme que malgré toutes les peines de ce monde, il est né pour le bonheur ; ce moment où l'ame de ce qu'on aime s'identifie avec la vôtre et où elles ne font plus qu'une seule ame.... A côté d'Antonie, la serrant dans mes bras, sentant son haleine contre ma joue, son cœur battre contre ma poitrine, sa main presser la mienne, il m'était impossible de trouver aucune expression ; son nom seul s'échappait de mes lèvres, je fixais alternativement le ciel et ses beaux yeux noirs pleins de larmes, qui se reposaient aussi sur les miens et m'enivraient d'amour et de bonheur. Je ne sais combien de tems nous serions restés ainsi en silence, mais nous entendîmes des voix dans l'éloignement et nous nous levâmes pour retourner dans la grande allée du bois. Allons, me dit Antonie, ces statues qui se promènent vont nous rendre un peu de calme. Avant que d'y rentrer elle s'arrêta, et me regardant avec une tendresse inexprimable, elle me dit, cher Ferdinand, il est donc vrai que vous m'aimez ?

— Pouvez-vous me le demander, Antonie ?

— Vous avez raison, me dit-elle, cette question est à présent bien inutile ; je le crois, je veux le croire, aucun doute, aucune défiance, ne peut pénétrer dans ce cœur tout à toi, jusqu'à ce qu'il cesse de battre ; celui de mon Ferdinand m'appartient de même, ils sont unis pour la vie, et quelle vie ! Antonie et Ferdinand toujours ensemble, toujours près l'un de l'autre. N'est-ce pas, mon ami, tu ne veux jamais me quitter ; tu veux tout partager avec moi, m'appartenir, comme je t'appartiens ?

Il est donc vrai, mon frere, que même dans nos plus beaux momens, il y a toujours une petite part pour le diable, et c'est là sans doute ce qui constitue la différence du bonheur de cette terre, et du bonheur céleste..... Malgré moi je pensai avec une sorte d'effroi à cette vie entière que je devais lui consacrer ; à mon âge, à ma position, à mes parens.... ne jamais la quitter, vivre toujours auprès d'elle, et ne savoir pas même son nom. Seras-tu surpris, mon frere, si j'hésitais à lui répondre ?

Elle me regarda d'un air sérieux, mêlé d'une nuance de fierté.

Fort bien, me dit-elle, j'aime que vous ne me répondiez pas trop promptement ; réflechissez, Rosenbach, avant que de prononcer cette réponse, je ne veux pas vous surprendre.

Antonie, lui dis-je, je n'ai pas besoin de réflexions pour savoir si je *veux* t'appartenir ; choisis la solitude la plus effrayante, j'y reste avec toi et le bonheur. Je ne réfléchis qu'à la *possibilité* d'exister uniquement l'un pour l'autre, je songeais au parti que nous pouvons, que nous devons prendre pour assurer notre union. Antonie, qui es-tu ? Quel est ton nom ?

Quelle inutile curiosité, me dit-elle, je suis ton amie, ton amante, ce sont les seuls noms que je veuille avoir, les seuls qui puissent t'intéresser ; est-il nécessaire à notre bonheur que j'en aie un autre ? Je veux, Ferdinand, te posséder entièrement ou point du tout.

Eh bien ! Antonie, lui dis-je, je consens d'ignorer ton nom..... en effet, je n'en ai pas besoin pour être à toi, entièrement à toi. Mais je suis pauvre, et ma mere vit encore ; mon cœur, mes bras, mon courage, sont tout ce que je posséde. Antonie, ce n'est que pour toi que je tremble.

— Tu trembles, Ferdinand, et de quoi ? d'être à moi, à ton Antonie ?

— Oui, Antonie, je tremble pour toi ; puis-je te cacher les sentimens les plus secrets de mon ame, je t'adore, je ne puis plus exister sans toi, et de ce moment je ne t'abandonne plus, je te suis partout, pays, état, travail, je veux tout partager avec Antonie : demande et je n'hésiterai pas un instant ; aucun sacrifice ne me coûtera ; rien ne me paraîtra trop pénible ; la misere la plus profonde ou l'état le plus brillant, tout m'est égal avec Antonie ; mais peux-tu dire de même, supporteras-tu tout avec ton ami ? je tremble, je te l'avoue, jusqu'à ce que je sache ce que tu es, et ce que tu te proposes. — D'être à toi, me dit-elle avec tendresse, de ne plus vivre que pour toi. Je suis pauvre aussi, mais modérée dans mes desirs ; j'ai aussi des mains pour travailler, de l'adresse, de l'activité, et sur-tout, Ferdinand, un cœur plein d'amour et de courage ; si le tien est à moi, je suis plus riche qu'une reine.... mon destin me force à vivre dans l'obscurité la plus profonde, j'ai renoncé pour toujours à la société des hommes, je dois te demander le même sacrifice ; tu dois te regarder comme un être qui a disparu de ce monde, et qui n'existe plus que pour moi seule ; ainsi que moi tu n'as plus d'autre nom que celui de mon ami, de mon Ferdinand....... Un frisson parcourut mes veines ; non, Antonie, lui dis-je avec vivacité, non ce sacrifice ne dépend pas de moi, il ne m'est pas permis, j'ai une mere, et ma mere a aussi des droits sacrés sur mon existence ; je serais un monstre si j'empoisonnais par un coupable abandon le reste de sa vie, si je la laissais dans une aussi cruelle incertitude sur mon sort ; j'ai une sœur, et un frere, un frere chéri....

— *Henri.* J'en serais mort, Ferdinand, sois en sûr, j'en serais mort de chagrin et d'inquiétude. Que n'ai-je pas souffert pendant que j'ignorais ce que tu étais devenu.

Ta mere, ta sœur, ton frere, te sont donc plus chers qu'Antonie ? me dit-elle avec un ton de froideur.

Non, Antonie, lui répondis-je, je t'aime plus que tout au monde, je t'aime avec une ardeur, une tendresse, dont je n'aurais pas cru que mon cœur fût susceptible; mais j'aime aussi mes parens, et je ne dois pas les faire souffrir; les larmes qu'ils verseraient pour moi retomberaient toutes sur mon cœur. Non, Antonie, non, je ne dois pas le vouloir.

Et tu veux donc que ce soit moi qui verse des larmes amères; car je dois l'exiger ce sacrifice, ou nous nous voyons aujourd'hui pour la dernière fois. Choisissez entre Antonie et vos parens.

Mon frere, je te l'avoue, je sentais que je choisissais mon malheur, mais je te le jure, je ne balançai pas même un instant; comment me résoudre à affliger ma bonne mere, mon frere tant aimé, et si digne de l'être. Antonie, lui dis-je avec fermeté, jamais ton nom ne sortira de mes levres, jamais personne n'apprendra de moi, que je te connaisse, que je t'aime, que tu m'as aimé, et jamais je ne t'oublierai; mais si tu exiges que je te sacrifie une mere, un frere, une sœur, sans doute nous nous voyons pour la derniere fois, et j'irai pleurer et mourir loin de toi. Elle me regarda en souriant; n'aurai-je jamais d'autre rivale dans ton cœur, me dit-elle, que cette famille à laquelle tu me sacrifies?

— Jamais, Antonie! je ne crois pas de survivre à notre séparation; mes amis, ma mere me perdront également, mais au moins ils pourront pleurer sur ma tombe, ils ne diront pas, il a voulu nous quitter, nous abandonner. Antonie, tu dois voir avec quelle vérité, quelle sincérité je te suis attaché; oh! laisse-moi te suivre, et rassurer mes parens sur mon sort, que près de toi mon cœur n'éprouve aucun regret, aucune douleur.

J'y consens, dit-elle après un moment de silence, je reconnais tous les droits d'une mere. Ecris à la tienne, dis-lui que tu vas voyager, dis-leur à tous trois que tu les verras de tems en tems. Mais jure-moi que le lieu où nous vivrons, que mon nom, que notre amour, restera toujours secret pour eux. Je le lui promis. Demain matin je pars, me dit-elle, nous prendrons congé l'un de l'autre cet après midi; dans huit jours, le trois d'août, nous nous reverrons à Cassel au Weissenstein dans la grotte octogone du géant. Adieu Ferdinand, à cet après midi.

J'allai chez elle à l'heure indiquée, *la tante* était occupée des préparatifs du départ. Ah! vous voilà, dit Antonie en souriant, je suis charmée de vous revoir encore. Elle parla tranquillement de son départ, de la manière dont nous avions fait connaissance, et me fit enfin un signe pour m'engager à partir. Je pris congé d'elle et de *sa tante*. Quand je fus sorti, un sentiment douloureux me saisit à l'idée que peut-être je l'avais vue pour la dernière fois, je cherchai vainement à l'écarter; le soir voulant me distraire je fus au sallon, l'image d'Antonie me poursuivait, j'entendais comme une voix intérieure qui me disait sans cesse, elle te trompe, tu ne la reverras plus.

A minuit je passai devant sa porte, tout était tranquille et dans l'obscurité; j'entendis une très-belle voix de femme, une flutte traversière jouait la ritournelle. Je ne pus comprendre que le refrain.

» J'ai perdu l'objet que j'aime
» Et peut-être pour toujours.

Je ne pouvais distinguer si cette voix partait de la maison d'Antonie, ou de celle qui la touchait, quoiqu'il me parut quelquefois reconnaître sa manière de prononcer ; mais je ne l'avais jamais entendue chanter : si elle avait un talent aussi distingué n'aurait-elle pas trouvé l'occasion de me le faire connaître ? et d'ailleurs qui l'aurait accompagné d'une flute à une heure aussi indue?... Je n'eus aucune idée que ce fut elle, mais ce refrain qui me paraissait avoir pour moi un sens prophétique, me fit une profonde impression : dans mon anxiété je me déterminai à rejoindre Antonie avant le tems qu'elle m'avait fixé et à ne plus la quitter. Je restai devant sa porte jusqu'à trois heures du matin ; ensuite je fis seller un cheval, et avant le lever du soleil je pris la route de Cassel ; je m'assurai qu'il n'avait passé aucune voiture depuis la veille et je revins à Wilhelmsbad persuadé que je rencontrerais la sienne. Je ne rencontrai rien, et lorsque je vins m'informer à la demeure d'Antonie si elle y était encore, j'appris qu'elle était partie il y avait quelques heures; je courus à la poste où elle avait pris des chevaux, on me dit qu'elle les avait demandés pour une route opposée à celle de Cassel. Je pris un cheval pour la suivre, je le pressai tellement qu'il s'abattit et se blessa; j'eus beaucoup de peine à arriver avec lui jusqu'au premier village; là je rencontrai le postillon qui les avait conduites; il me dit qu'elles avaient changés de chevaux à la première station, et qu'elles étaient parties sans s'arrêter.

Je crus être certain de mon malheur, et je n'ai jamais passé huit jours aussi cruels; je sentis alors combien j'aimais

Antonie et que sans elle il m'était impossible de vivre. Au premier du mois d'Août j'étais à Cassel. En arrivant j'allai au sallon octogone du géant...... Elle n'y viendra pas, dis-je, en y entrant, avec la plus affreuse palpitation et sans songer que je ne devais l'attendre que le surlendemain. Pour que la tante ne me reconnut pas, dans le cas où je la rencontrerais, je m'étais couvert d'une ample redingotte, et j'avais un grand chapeau rabattu sur les yeux. Le lendemain je retournai à Weissenstein; en entrant dans le sallon octogone je remarquai vis-à-vis de moi dans un très-grand enfoncement, une femme dans un costume très-propre, mais fort simple; elle se retira tout de suite. Je fis quelques tours et je souris en moi-même de l'émotion que la vue de cette femme m'avait donnée; je ne pus cependant resiter au desir de revenir dans le sallon, c'était là où j'espérais revoir Antonie le lendemain ; j'y étais moins malheureux qu'ailleurs : en y entrant j'apperçus encore la même figure de femme; elle me tournait le dos et ne m'entendit pas entrer; sa taille me parut celle d'Antonie, je m'approchai doucement.... Je ne m'étais pas trompé, c'était elle, c'était Antonie, et sous cet habillement simple, plus jolie, plus séduisante que jamais. Nos cœurs s'entendent, me dit-elle en se jetant dans mes bras, tous les deux nous avons dévancé d'un jour celui que je vous avais fixé, et sans doute par le même motif, je voulais voir le lieu où je retrouverais mon ami, et cependant nous nous sommes vus sans nous connaître.

Ta tante, chère Antonie, lui dis-je, paraît te laisser beaucoup de liberté ; pourquoi donc ces précautions, ce déguisement ?

— Je ne suis point déguisée, me dit-elle, tu me verras à l'avenir toujours sous cet habit.

— Sous cet habit ! et ta tante, Antonie ?

—Je n'ai point de tante. Mais laissons ces explications pour un moment où nous n'aurons rien de mieux à nous dire, je ne veux penser à présent qu'au plaisir de te revoir. Oh ! combien j'ai craint de ne pas te trouver ici, de t'avoir perdu pour jamais ; pardonne-moi cet instant de doute sur tes sentimens, ce sera le dernier. J'ai le même aveu à te faire, lui dis-je, le même pardon à te demander, et je lui contai ce qui s'était passé la veille du départ des bains..... dès que j'eus parlé de la voix que j'avais entendue, elle me chanta ce refrain qui m'avait effrayé ; c'était mes propres craintes que je chantais, me dit-elle, à présent je chanterai mon bonheur.

— Et cette flutte qui vous accompagnait ?....

— C'était moi-même, j'en joue assez passablement ; je sais que vous en jouez aussi, et la musique sera un des plaisirs de notre solitude. Tout m'étonnait dans cette femme inconcevable, et chaque surprise ajoutait à mon amour.

En allant ensemble de Weissenstein à Cassel, elle me donna mon rôle. J'ai dit dans la maison où je loge que mon mari viendrait me chercher ; tu conserves ton nom de Ferdinand, et tu es un musicien de Mayence ; demain nous partons ensemble. Elle me dit tout cela avec le plus grand calme, avec ce sang froid qui n'appartient qu'à l'innocence, et comme elle m'aurait parlé d'un arrangement de ménage. Je répondis peu de chose, et quand nous fûmes arrivés à l'auberge j'avais l'air très-embarrassé ; mais Antonie était aussi à son aise que si nous avions été mariés depuis dix ans.

Mon frere, dit le capitaine, avec vivacité, j'espère qu'avant la fin du jour tu découvris enfin ce que je vois venir depuis longtems, c'est que ta belle demoiselle avec ses belles phrases n'était autre chose qu'une aventurière, qui avait sur toi, Dieu sait quel projet. Une tante un jour, et point un autre ; tantôt une belle dame, tantôt une musicienne. Parler de vertu, et se dire la femme d'un jeune homme. Tout cela, mon frere, m'est très-suspect, ce n'est pas pour rien qu'elle t'appelle son mari.... Je suis, je te l'avoue, dans une grande inquiétude.

— *Ferdinand.* Je ne veux point te

cacher que j'eus aussi quelques soupçons de la nature des tiens, lorsque la fille de l'auberge vint préparer un second lit pour moi dans la chambre où nous étions, sans que ma prétendue femme y mît la moindre opposition. Elle s'occupait à préparer du thé et à le verser avec une activité charmante, et chaque fois qu'elle m'appelait son mari, en parlant à la fille qui nous servait, j'éprouvais un mélange de sentimens confus et opposés que je ne puis te rendre; j'étais en même tems très-mal à mon aise, et cependant le plus heureux des hommes

Après le thé Antonie sortit pour faire quelques emplettes; pendant les deux heures qu'elle me laissa seul, je réfléchis sur toute cette aventure, et sur le genre de liaison que j'allais former avec une inconnue; les mêmes idées que tu viens de me manifester, m'occupaient ; je me levais, je me promenais, j'allais à la fenêtre, j'entrais dans cette alcove à deux lits, je formais des résolutions vertueuses qui se détruisaient l'instant d'après, enfin j'étais dans une agitation qui donnait encore plus de prise au diable.

— *Henri.* Tu aurais dû lui céder la place, Ferdinand, quitter cette maison, et cette femme ; il vaut mieux, disait notre pere, fuir le diable que de le combattre.

— *Ferdinand.* Mon frere, je n'ai jamais aimé ce proverbe ; dès mon enfance j'ai voulu regarder mon ennemi en face..... Il revint cet aimable ennemi, et je le trouvai plus dangereux que jamais. Un instant après son retour elle demanda un souper très-léger, auquel je touchai à peine ; j'étais trop ému pour manger. Antonie était gaie et sereine, paraissait n'avoir auème crainte, et m'appelait toujours son cher mari.

Lorsque nous fûmes seuls, je m'apperçus cependant d'une légère altération dans le son de sa voix; Ferdinand, me dit-elle, je veux croire que je ne me suis pas trompée quand je vous ai donné mon cœur, quand je vous ai nommé mon ami; bientôt vous aurez aussi mon entière confiance, je vous la prouve déja autant qu'il m'est possible en me reposant absolument sur votre honnêteté...... Je suis très-fatiguée, et je sens que j'ai besoin de repos, je vais me coucher dans un de ces lits et dormir tranquillement, faites-en autant de votre côté; demain nous partirons de bonne heure. A demain donc cher Ferdinand, dit-elle en s'avançant et me donnant un léger baiser sur le front; puis s'échappant à l'instant même, elle passa dans l'alcove, me dit encore bonsoir, et peu de tems après j'entendis à sa respiration égale et douce, qu'elle dormait paisiblement. Quant à moi tu concevras facilement, mon frere, que je ne fermai pas l'œil; mais tu me rendras, j'espère, la justice de croire que le tranquille, l'innocent sommeil de ma compagne fut respecté; un mur de cinq pieds d'épaisseur entre nous deux ne l'aurait pas mise plus en sûreté que cette seule phrase, *je me confie en votre honnêteté.* Je ne tournai pas même la tête de son côté, et j'avais l'air de lire attentivement un livre que j'avais par hazard avec moi, mais je te l'avoue, mon frere, je n'en lus pas un seul mot, et pendant plus d'un quart d'heure mon regard immobile fut fixé sur la même page. Je cherchai enfin à me recueillir, à réfléchir sur la singularité de ma situation, mais tout au-dedans de moi était

était tumultueux et confus, je sentais seulement que j'aimais Antonie. Ma lumiere finit et je voulus alors essayer de suivre le conseil de mon amie et de dormir quelques heures. Tant que la chambre avait été éclairée je n'avais pas même osé risquer de regarder du côté du lit où dormait Antonie; en allant doucement chercher le mien, je jetai les yeux sur elle, la lune qui venait de se lever donnait en plein sur ce beau visage, je pouvais distinguer le mouvement de son sein et les longs cils noirs qui ombrageaient ses joues. Je la regardai longtems et le *mur* qui me séparait d'elle devenait à chaque instant moins épais; ce n'était presque plus qu'une gaze légère...Ne me regarde pas avec cet air effrayé, mon frere..... ne m'avait-elle pas dit, *je me confie en votre honnêteté* : en voyant sa jolie bouche et ses levres entr'ouvertes je crus encore l'entendre....... et je me hâtai d'aller fermer les rideaux de la fenêtre ; je revins me jetter tout habillé sur mon lit, et fatigué à l'excès de tout ce que j'avais éprouvé depuis vingt-quatre heures je ne tardai pas à m'endormir. Quand je me réveillai il faisait jour ; je regardai d'abord du côté du lit d'Antonie, elle n'y étais plus ; je l'apperçus bientôt assise auprès de la table et préparant le déjeûner, je me levai et vins auprès d'elle. Avec quelle douce sérénité, avec quel regard à la fois content et satisfait, elle me tendit la main ; je suis bien recompensée de ma confiance, me dit-elle en serrant la mienne, et je fus bien inspirée quand je t'ai donné mon cœur ; je vois à présent que je suis véritablement aimée. Déjeûnons vite et partons.

Nous continuâmes à voyager de la

même manière ; Antonie était à chaque moment plus gaie, plus aimable, plus tendre. Peu-à-peu toutes mes craintes, tous mes soupçons se dissipèrent, en même tems que mon amour augmentait. Elle m'appellait ou *son ami*, ou son *cher mari* ; lorsque nous arrivions le soir dans une auberge, s'il était possible d'avoir deux chambres séparées, elle le préférait ; mais s'il n'y en avait qu'une, elle se conduisait comme la premiere nuit. Et je te le jure, mon frere, je n'eus pas un instant l'idée d'abuser de son innocente confiance, et de manquer au respect involontaire que m'inspirait cette confiance.

Nous nous enfonçâmes dans les montagnes de la Thuringe : au bout de quelque tems, après avoir traversé un village, nous vîmes à peu de distance une petite maison isolée, simple et jolie ; du côté du midi elle était ombragée par une treille en berceau, et du côté du nord par un bosquet d'arbres verds. Voilà notre habitation, me dit Antonie, voilà ta propriété, cher Ferdinand, puisse-t-elle être la demeure de l'amitié, de la confiance, et de la justice.

— Tu ne dis pas de l'amour, Antonie ?

— Et de l'amour aussi. — Mais quand l'amour sera passé, car enfin il passe toujours, puisse-t-il être remplacé par la confiance, et la tendre et constante amitié ! puisse mon amant devenir mon ami et me rendre toujours justice ! Puisse-t-il faire à jamais mon bonheur comme je veux faire le sien ! Elle essuya furtivement quelques larmes qui coulaient sur ses joues, et je l'embrassai avec ardeur. La voiture s'arrêta devant la maison ; un vieillard en sortit, vint ouvrir la portière et reçut Antonie avec des grandes démonstrations de joie; voilà mon mari, dit-elle en me montrant, et j'eus ma part de ses témoignages d'attachement et de respect.

Nous entrâmes; elle lui demanda des clefs qu'il lui présenta; elle ouvrit une porte et nous nous trouvâmes dans une chambre très-claire, très-jolie, meublée avec goût et simplicité. Elle me dit en y entrant, mon cher ami, voilà ton appartement, et voilà celui de ta femme, de ton Antonie, ajouta-t-elle en me montrant une autre porte qui donnait sur le même palier. Le vieillard nous laissa; elle sourit et me dit, je ne veux pas avoir de secrets pour toi; mais il faut avant que de te confier les miens que je te quitte encore quelques instans pour arranger bien des choses, je te laisse chez toi! Elle sortit, et j'avais bien assez de mes sentimens et de mes pensées pour m'occuper. J'ouvris la fenêtre, elle donnait sur un très-joli jardin ; au delà était une cour où l'on voyait plusieurs instrumens d'agriculture ; j'examinai ensuite l'intérieur de ma chambre, j'ouvris une porte, et je me trouvai dans un charmant cabinet à coucher ; dans ce cabinet était une autre porte qui me conduisit dans un second cabinet à coucher pareil au mien, et que je présumai être celui d'Antonie ; Cette proximité m'enchanta, mon cœur palpitait vivement.

Elle rentra et me demanda si j'étais content de mon appartement. — Transporté, lui répondis-je en lui baisant la main, chère Antonie, rien ne manque plus à mon bonheur que la réalité du titre que tu me donnes, tu m'appelles *ton mari*, tu me présentes sous ce nom que je brûle de porter tout de bon ; Antonie, quand serai-je donc le plus heureux des maris ?

Elle soupira ; cela ne dépend pas de moi, me dit-elle, il y a encore des obstacles ; mais Ferdinand, ne serons-nous pas également heureux ? Tu m'as aimée pour moi-même, avec abandon, avec délicatesse, et moi je n'ai jamais aimé, je n'aimerai jamais que toi ; il est tems de t'apprendre qui je suis et les motifs d'une conduite qui doit te paraître bisarre ; tu vas me connaitre et me juger. Passons sous ce berceau, écoute moi avec attention ; il faut pour que tu me connaisses à fond que je prenne mon histoire d'un peu loin.

Nous nous assîmes à côté l'un de l'autre, et elle commença.

## CHAPITRE VI.

### *Histoire d'Antonie.*

MON frere, dit Ferdinand, je voudrais aussi te conter l'histoire de mon Antonie; mais elle fut très-longue, et n'aurait pas pour toi le même intérèt qu'elle eut alors pour moi. Assis à côté d'une maîtresse chérie, un bras passé autour de sa jolie taille, serrant sa main dans la mienne, écoutant sa douce voix, lisant dans son regard animé et sur son charmant visage, l'impression de tout ce qu'elle me racontait, tu comprends que ce récit m'intéressa vivement. Je ne puis rien te donner de ce qui y répandait tant de charmes, ainsi je me contenterai de te rendre en abrégé ce qu'elle me dit avec de grands détails....

Il ne m'est pas même encore permis de te la nommer, et je suis toujours à cet égard sous le serment du secret.

Le pere d'Antonie était d'une famille très-illustre, et sa mere immensément riche; il avait feint pour elle une extrême passion, et il avait obtenu son cœur et sa main; comme il n'aimait que sa fortune, dès qu'il en fut en possession il leva le masque, et la rendit la plus malheureuse des femmes. La naissance d'Antonie devint le prétexte de son indifférence et de ses mauvais procédés; il eut l'injustice de reprocher amérement à sa femme de ne lui avoir pas donné un fils. Les chagrins de cette infortunée altérérent sa santé et la mirent hors d'état d'avoir d'autres enfans; alors son indigne époux ne garda plus aucune mesure, il vécut publiquement avec une maîtresse qu'il avait avant son mariage, et maltraita, si fort son épouse qu'elle fut tentée de demander son divorce ; mais il aurait fallu lui laisser sa fille suivant les loix du pays, et cette tendre mere aima mieux souffrir tout au monde de son cruel époux, que de se séparer de son enfant et de la lui laisser élever. Antonie devint sa seule consolation ; elle s'appliqua de bonne heure à lui donner une ame forte et courageuse, à régler sa sensibilité, à lui apprendre à se défier des hommes et de l'amour ; une cruelle expérience lui avait appris combien il est aisé de tromper un cœur simple et crédule, et son unique étude fut de préserver sa fille chérie, des malheurs dont elle avait été la victime.

Son mari qui ne cherchait qu'à la mortifier, et à lui faire sentir son regret de n'avoir point de fils, exigea que sa fille fut élevée comme un petit garçon ;

elle apprit à jouer de la flutte, à monter à cheval, à faire des armes; et ces divers exercices développèrent sa taille et lui donnèrent cette aisance, cette souplesse dans les mouvemens, ce coup-d'œil si sûr qui me frappèrent lorsque je la rencontrai à Wilhelmsbad. Cette éducation entrait à plusieurs égards dans les plans de sa mère; elle ne s'y opposa qu'autant qu'il fallait pour en donner plus d'envie à son mari; mais elle eût soin de son côté de corriger tout ce qu'elle pouvait avoir de trop rude, de trop hardi, et de lui donner les graces d'une femme en même tems que le courage d'un homme. Son pere annonçait hautement le dessein de marier sa fille avec son neveu, fils unique de son frere; il aimait beaucoup ce jeune homme, et l'associait à toutes ses parties de plaisir. On voyait déja en lui les penchans de son oncle, et madame de **** frémissait à la seule idée qu'il épouserait sa fille, et la rendrait aussi malheureuse qu'elle même.

Cependant sa maladie faisait des progrès rapides, et sa fille était âgée de quinze ans, lorsqu'elle sentit les approches de sa fin; elle fit retirer tout le monde, et seule avec Antonie elle lui dit; je vais mourir, ma fille, et je vois approcher sans peine la fin d'une vie qui a été vouée au malheur.... Je meurs avec joie parceque j'espère avoir laissé à mon Antonie tous les moyens d'éviter un sort pareil au mien. Tu auras besoin de tout ton courage, ma chère enfant, promets-moi, jure-moi de l'employer à te défendre contre la tyranie de ton pere et á ne pas devenir comme moi une malheureuse esclave; jure-moi de ne jamais épouser ton cousin, et de ne donner ton cœur et ta main, que lorsque tu seras sûre d'être aimée, de l'être pour toi seule, et assez pour obtenir tous les sacrifices que tu pourrais exiger. Tu dois, ma chère Antonie, t'attendre à toutes les persécutions imaginables; mais depuis longtems je m'occupe à t'assurer ta liberté; vas dans l'embrasure de la fenêtre, et presse fortement le panneau de la boiserie.

Antonie obéit, le panneau céda, et présenta à sa vue une armoire artistement construite et si bien cachée qu'il était impossible de la découvrir; elle ouvrit par l'ordre de sa mere un tiroir, il était rempli de bijoux, d'or et d'argent monnoyé en très-grande quantité, et d'une plus grande quantité encore d'effets au porteur. Il y a dans ce tiroir, lui dit-elle, assez de fortune pour te conduire jusqu'à l'âge le plus avancé avec des desirs modérés. Tu trouveras encore au fond du tiroir un habit d'homme complet ; dans chaque bouton il y a de l'or, la doublure du chapeau renferme des lettres de crédit et des renseignemens sur les pays où tu pourrais être appellée à voyager ; dessous cet étui de flute il y a une place qui ferme avec un secret pour placer des bijoux, et enfin une échelle de corde, dans le cas où l'on t'enfermerait, pour que tu puisses t'échapper. J'ai passé bien des années à te préparer ce trésor ; jure-moi encore que tu en feras usage si comme je le crains on veut disposer de ta main malgré toi. Je ne t'interdis point le mariage ; lorsqu'il est heureux c'est le paradis, mais il serait un enfer si ton sort ressemblait au mien. Si dans tes voyages tu rencontres un homme suivant ton cœur, étudie bien son caractere, mets le à différentes épreuves, qu'il ignore surtout, et ton nom et ta fortune ; qu'il te croie pauvre, sans parens, sans amis. Si malgré ces apparences il persiste à t'aimer et à te suivre, lie son sort au tien ; d'avance je le bénis comme mon fils, comme celui qui fera ton bonheur ; mais s'il hésite, s'il demande des conseils, quand même il t'aurait plû, fuis-le pour jamais comme ton plus cruel ennemi, il ne t'aime pas pour toi-même, il ne te rendrait pas heureuse. Jure-moi, ma fille, de te conformer en tout point à mes dernieres volontés. Antonie le lui jura solennellement. Sa mere languit encore quelques jours, elle les employa à expliquer à sa fille comment elle devait se conduire après sa mort, et elle expira dans ses bras en lui faisant répéter sa promesse.

Peu de tems après sa mort, les persécutions qu'elle avait prévues commencèrent. Le pere d'Antonie fit venir chez lui son frere et son neveu, et tous les trois se réunirent pour la presser d'épouser son cousin. Elle allégua d'abord son deuil et sa douleur, ensuite sa jeunesse et son desir de perfectionner son éducation. Elle reprit les exercices de son enfance que la longue maladie de sa mere avoit interrompus; tous les jours elle montait à cheval, accompagnait son pere et son oncle à la chasse; elle apprit ainsi à connaitre le pays à quelques lieues à la ronde, comme les allées de son jardin; sans cesse occupée du plan de sa mere et de la vie errante et libre qui en était la suite, sa jeune imagination s'égarait dans mille projets romanesques; elle s'impatientait presque d'être forcée à l'exécuter, et cherchait en attendant tous les moyens d'y ajouter quelque chose qui put l'assurer davantage. En conséquence elle s'appliqua avec ardeur à l'étude de la géographie, et à celle des langues vivantes, et elle y fit de tels progrès qu'à l'âge de dix-sept ans elle aurait pu déja voyager dans la plupart des pays de l'Europe sans y trouver de difficulté. Ce fut alors que son pere, au retour d'une partie de chasse, fut frappé d'une attaque d'apoplexie qui lui ôta subitement la parole. Son oncle insista pour qu'Antonie lui donna la satisfaction de la voir mariée avant sa mort, elle s'y refusa avec une fermeté que l'on n'attendait pas de son âge, et déclara que rien ne la ferait consentir à se marier pendant qu'elle était en suspends sur la vie de son pere. Il mourut le lendemain et c'est alors que les persécutions contre la pauvre Antonie commencèrent réellement, et l'obligèrent enfin d'avoir recours aux moyens préparés par sa mere. Je ne te dirai pas en détail, mon frere, tout ce qu'elle eut a souffrir de ce méchant oncle et de son fils, elle eût même un moment toute la peur de ne pouvoir exécuter son plan. On lui fit quitter de force la terre qu'elle habitait, et qui renfermait son trésor secret, pour la mener à la ville. Le testament de son pere la mettait sous la tutelle de son oncle, mais sans lui ordonner d'épouser son cousin, son pere se contentait de le desirer.

— *Henri.* J'en suis bien aise, mon frere, une désobéissance formelle à un pere m'aurait fait de la peine; quoique notre pere nous eut ordonné à son lit de mort nous l'aurions fait, et une femme !.....

— *Ferdinand.* Notre excellent pere et celui d'Antonie, ne peuvent pas se comparer ; d'ailleurs elle obéissait à sa mere qui lui avait dicté sa conduite au lit de mort, à qui elle avait fait une promesse solennelle.... mon frere, une mere a des droits aussi, et un serment !

— *Henri.* Tu as raison, continue...

— *Ferdinand.* Son oncle voyant que les ordres et les prieres étaient inutiles, et voulant absolument faire épouser à son fils cette riche héritière, essaya de tous les moyens de rigueur et ce fut ce qui rendit à Antonie la faculté d'exécuter ses projets. Il craignit qu'elle ne trouvât des protecteurs à la ville, et que le gouvernement même ne fut indigné de ses procédés envers la fille de son frere ; pour en être plus le maître et pour l'obliger peut-être à épouser son fils par la force, il la ramena à la campagne et la plaça précisément dans la chambre de sa défunte mere, parcequ'elle était enclavée entre deux autres chambres, et qu'il ne craignait pas qu'elle put s'échapper. Il coucha lui-même dans l'une, et établit dans l'autre une femme de charge dont il était sûr, et à qui il recommanda la surveillance la plus exacte — Je vous déclare, mon oncle, lui dit Antonie en entrant dans cette espèce de prison, que je me crois tout permis pour me soustraire à l'horrible sort dont je suis menacée, et que j'aurai recours à la fuite. — Si vous le pouvez, j'y consens; lui répondit-il avec une amère ironie; par la porte je vous en défie, la serrure ferme à double tour. Si vous voulez essayer d'un saut de trente pieds, dit-il, en regardant la fenêtre, vous le pouvez, si vous n'êtes pas tuée en arrivant en bas vous n'irez pas loin sans argent (il avait eu le soin de ne point lui en laisser). Au reste, ajouta-t-il, demain vous changerez de note, et le mariage vous apprivoisera ; le ministre de la paroisse qui a cent fois entendu dire à mon frere qu'il voulait votre mariage avec mon fils, ne fera aucune difficulté de le conclure de gré, ou de force. Il sortit d'un air moqueur et triomphant, et ferma la porte à double tour.

Antonie comprit qu'elle n'avait pas un instant à perdre, et résolut de partir la même nuit. Dès que ses deux gardiens furent endormis elle ouvrit son panneau à ressort, en sortit ses habits d'homme, et tout ce que sa mère avait préparé pour sa fuite. Un jonc fait exprès pouvait contenir une quantité considérable de pièces d'or ; dans l'étui de flute, elle plaça les diamans ; dans le chapeau, les papiers. Après avoir tout arrangé, Antonie s'habilla en homme, mit ses habits de femme dans l'armoire secrette, et la referma ; ensuite à genoux devant le lit où sa mere était expirée, les yeux élevés au ciel, elle la prit à témoin qu'elle obéissait à ses ordres, et la pria de protéger son évasion. Après cette invocation elle attacha l'échelle de soie à la fenêtre, et descendit courageusement; arrivée au bas elle trouva moyen de la détacher avec une longue perche, et la jeta dans un puits abandonné. Elle franchit aisément la haye du jardin, et à une heure après minuit elle se trouva sur la grande route dans un costume qui la mettait à l'abri des dangers. Sa mere n'avait eu garde d'oublier des pistolets de poche, elle en avait trouvé dans l'armoire une paire déja chargés, et elle savait s'en servir, ayant souvent tiré au blanc avec son pere et son oncle. Elle alla droit à la ville la plus voisine, prit une place dans une diligence qui allait partir, et au bout de quelques jours elle arriva à Franc.

fort ; de là elle écrivit à son oncle qu'il avait perdu son autorité sur elle en voulant en abuser, et qu'elle ne serait jamais sa belle fille. Elle écrivit aussi au Prince souverain de son pays ; elle lui dit qu'étant forcée de se soustraire à la tyrannie d'un parent despotique et cruel, elle mettait sa fortune et ses propriétés sous la sauve-garde du gouvernement jusqu'à ce qu'elle vint les réclamer à l'époque de sa majorité. Elle mit ses letttres à la poste le jour même qu'elle quitta Francfort, et partit pour Vienne où elle séjourna quelque tems sous un nom supposé, se donnant pour le fils d'un magistrat de Silesie. Elle voyait peu de monde, prenait beaucoup de leçons et s'attirait l'estime générale, par sa bonne conduite, ses goûts tranquilles, et sa bienfaisance. Elle traversa ensuite la Suisse, s'arrêta quelque tems à Lausanne, à

Geneve et fit de là une excursion jusqu'à Milan. Dans les commencemens cette liberté complette, le plaisir de voyager à son gré, sans être gênée par les bienséances de son sexe, les observations intéressantes que son déguisement lui permettait de faire, sa situation romanesque, la rendaient parfaitement heureuse. Enfin elle vint à sentir qu'elle était seule ; la crainte d'être découverte et reconnue pour une femme l'empêchait de former des liaisons qui auraient pu la conduire à trouver cet époux désigné par sa mere pour la rendre heureuse ; elle pensa qu'il était tems de s'en occuper, mais elle désirait le trouver dans sa patrie, et elle se décida à y revenir. Pendant ses voyages elle avait beaucoup grandi, son teint s'étail bruni, la couleur de ses cheveux était devenue plus foncée, en-

fin,

fin, elle avait changé au point qu'elle ne craignait pas d'être reconnue, et qu'elle se hasarda à revenir dans la ville capitale de sa province ; là, elle s'informa adroitement de ce qui pouvait l'intéresser ; elle apprit que sa lettre au prince l'avait disposé favorablement en sa faveur ; il avait laissé à son oncle la direction de ses biens, mais sous une surveillance exacte. Personne ne comprenait comment elle avait pu s'échapper, ni ce qu'elle était devenue, sans argent et sans secours ; son oncle s'attendait d'un jour à l'autre que le besoin la ramènerait, et son odieux cousin ne s'était point marié. Elle résolut alors de se cacher plus que jamais, et pour se ménager une retraite sûre et indépendante, elle fit l'acquisition de ce petit domaine dans les montagnes de la Thuringe ; elle y plaça une honnête famille de paysans, dont elle se fit adorer, ne parut devant eux qu'en habit de femme, et après avoir arrangé sa demeure et l'appartement de l'époux qu'elle ne connaissait pas encore, elle repartit pour le chercher, et reprit ses habits d'homme pour faciliter cette recherche.

Lorsque je te quittai à Minden, mon cher frere, je partis, tu le sais, dans une diligence à neuf heures du soir, tu m'accompagnas jusqu'à ce que je fus placé à côté d'un jeune homme qui te salua lorsque tu fermas la portière de la voiture. Nous étions seuls et notre conversation ne tarit pas un instant; ce fut d'abord sur la politique, et les événemens du jour, de là nous passâmes à d'autres sujets, nous parlâmes de la vertu, du bonheur, des hommes, des femmes, de l'amour, du mariage, et mon jeune compagnon se plaisait souvent à me contredire pour m'exciter à parler et à lui dire ma façon de penser sur tous ces objets. Je me livrai avec cette chaleur que j'ai toujours mis dans la dispute, à laquelle se joignait peut-être encore le desir de convertir un jeune homme qui me paraissait penser trop légérement, et qui m'intéressait par la finesse de son esprit et l'étendue de ses connaissances ; il me parla avec beaucoup d'agrément des différens pays qu'il avait parcouru, et de ce qui s'y trouvait de remarquable ; il sut m'engager à développer mes principes sur plusieurs objets et points de morale. Notre entretien s'anima, se soutint, et contre l'ordinaire d'une nuit de diligence, je n'eus pas la moindre envie de dormir. A l'approche du jour cependant mon aimable compagnon rabattit son grand bonnet sur ses yeux, s'arrangea dans le coin de la voiture, et parut s'assoupir ; je suivis son exemple et je dormis profondément jusqu'à l'endroit où la voiture devait prendre le relai. Mon jeune homme n'y était plus, le postillon me dit qu'il était descendu doucement à l'entrée de la ville en riant de mon profond sommeil et le chargeant de me souhaiter le bonjour. Je regrettai de ne lui avoir pas demandé son nom, je m'ennuyai le reste du voyage et puis je n'y pensai plus ; mon frere, ce jeune homme..... c'était Antonie. Elle me dit que depuis cette nuit elle avait eu le sentiment que j'étais l'homme destiné à faire le bonheur de sa vie. Tout ce que j'avais dit avait répondu à son cœur, et aux ordres de sa mere ; elle se décida à faire tout ce qu'il fallait pour m'attacher à elle, et à me suivre aux bains de Wilhelmsbad, où je lui avais dit que j'allais.

En me quittant elle se rendit à Cassel où demeurait une femme qu'elle avait aussi rencontrée dans une diligence, pauvre, honnête, malheureuse, et à qui elle avait fait un sort; elle lui découvrit son sexe, reprit chez elle des habits de femme, se fit faire une garderobe élégante, ainsi qu'à sa protégée, et lui proposa de l'accompagner aux bains sous le titre de sa tante. Elle arriva à Wilhelmsbad, et me trouva en pleine liaison avec l'italienne, ce qui déconcerta ses projets, et faillit de l'engager à repartir; cependant un sentiment involontaire l'engageait à rester et à m'observer. Elle apprit la maniere dont je m'étais tiré de cette intrigue, et reprit courage. Tu sais le reste, mon cher frere, et comment elle sut saisir le prétexte de l'escarpolette russe pour se lier avec moi.....

Lorsqu'elle partit des bains elle prit

une autre route que celle de Cassel pour éprouver si je ne serais point découragé; elle y revint par un autre chemin, ramena sa prétendue tante chez elle, congédia ses domestiques, et n'existà plus que pour l'ami que son cœur avait choisi.

## CHAPITRE VII.

### *Fin de l'histoire du Trésorier.*

FERDINAND se tût et resta plongé dans une sombre rêverie ; il poussa un profond soupir, auquel le capitaine répondit par un soupir plus profond encore ; ce fut lui qui rompit enfin le silence. Dieu sait, mon frere, dit-il, que je fais ce que je puis pour excuser la conduite de cette jeune fille ; c'est son éducation qui en est la cause ; il faut que chacun reste ce que Dieu l'a fait ; une fille élevée comme un garçon ne vaut pas mieux qu'un garçon élevé comme une fille. A la place de la mere d'Antonie, au lieu de ces habits d'homme et de ce trésor, j'aurais donné à ma fille un cœur de femme et un trésor de sagesse et de résignation ; je lui aurais dit : prends patience mon enfant, reste où le ciel t'a placée, supporte ton pere et même un mauvais mari si c'est ton sort ; quand on remplit ses devoirs avec humilité, on n'est jamais malheureux.... Le pere, la mere, l'oncle, le cousin, la fille, tout le monde a tort dans cette histoire. Le mal, mon frere, se tient comme une chaîne, le ciel ait pitié de celui qui se lie à cette chaîne. Je n'aime pas les jeux de hasard et celui que tu jouais avec cette inconnue en était un très-dangereux. L'homme péche toujours par orgueil, par trop de confiance en lui-même ; il n'y a que Dieu qui connaisse le jour suivant..... Mais continue ton histoire, mon frere, elle ne me plaît pas trop, je te l'avoue, mais elle pique ma curiosité ; quel effet te fit celle de ta jeune et singulière amie ?

— *Ferdinand.* Elle me la contait avec le plus grand calme; pour moi je t'avoue que je n'étais pas aussi tranquille; malgré mon amour pour Antonie, je voyais bien que je m'étais placé dans une position difficile et dangereuse; cette illustre famille.... cette fille fugitive...... ce trésor.... ce déguisement...... Oh! que n'aurais-je pas donné pour qu'Antonie fût ce que j'avais pensé quelquefois, fort au-dessous de moi pour la naissance et tout aussi pauvre! Quand elle eut fini, je la serrai contre mon cœur en silence, mais je te le jure, mon frere, je n'eus pas un instant la pensée de me tirer de là par la fuite, d'abandonner celle qui m'aimait de si bonne foi. L'aurais-tu fait à ma place?

— *Henri.* Quant à moi, Ferdinand, je crois bien que dès ma premiere conversation sur l'escarpolette, j'aurais dit *qui vive* à cette jeune fille, d'où êtes-vous ? Qui êtes-vous ? Si elle n'avait pas voulu me répondre clair et net, je m'en serais défié et je ne serais pas remonté sur l'escarpolette avec elle. Mais si j'y étais allé deux fois, si je m'étais fait aimer, j'aurais fait tout comme toi ; je me serais recommandé à Dieu, et je ne l'aurais pas quittée.

— *Ferdinand.* Je ne l'aurais pas pu, et je ne le devais pas ; j'assurai Antonie au contraire que j'étais l'homme que sa mere avait désigné pour la rendre heureuse, et l'aimer éternellement pour elle seule ; que j'y consacrerais ma vie. Ensuite je lui demandai quels étaient ses projets pour notre avenir.

J'ai vingt ans à présent, me dit-elle, mon projet est de passer ici, ou dans quelque lieu que tu voudras, pourvu que ce soit avec toi, les cinq années qui me restent pour atteindre ma majorité, et de rentrer ensuite triomphante dans mon pays et dans mes biens, avec celui que mon cœur a choisi. Antonie, lui répondis-je, plût au ciel que tu n'eusses point de bien, et que tu ne voulusses d'autres triomphe que celui de regner sur un cœur tendre et fidele ! Je ne pense qu'avec horreur à ce moment dont tu me parles ; si j'avais su que tu fusses si riche, je t'aurais sans doute aimée tout de même, mais jamais je ne te l'aurais dit.

— Crains-tu peut-être la colère de mes parens ? me dit-elle.

— Je ne crains point tes parens, Antonie, lui dis-je avec vivacité, si tu étais en leur pouvoir, s'ils te rendaient malheureuse, je saurais tout braver pour t'arracher au malheur ; je ne crains que tes richesses ; mais le monde le sait-il ? Sait-on que je t'ai aimée te croyant pauvre, plus pauvre que moi? sois juste, Antonie, tu n'as pas voulu dépendre de tes richesses, je dois avoir là-dessus le même sentiment que toi, et bien plus vif, moi qui suis un homme.

— Mon ami, tu pèse bien fort sur ce mot, *un homme* !

— Cela n'est-il pas naturel, Antonie, ne dois-je pas soutenir la dignité du nom d'*homme*?

— Tu veux sans doute dire, reprit-elle d'un ton un peu altéré, que personne ne doit croire qu'une femme, que ta femme ait sur toi le moindre avantage, que tu vives de sa fortune.

— C'est cela même, Antonie, ne puis-je pas reclamer le même droit que toi? Tu veux être aimée pour toi-même, c'est fort bien; mais personne ne doit en douter.

Sophisme, répondit-elle en riant; et

de quoi vivons-nous ici, n'est-ce pas de ce que le monde appelle mien ?

— Non, Antonie, le monde n'a rien à faire ici, cette retraite est à toi seule, et ce qui est à toi seule est aussi à moi. Mais j'aimerais mieux encore que tu donnasses cette retraite et tout ce que tu possédes à qui tu voudras, et que tu n'eusses rien, rien que toi-même et ton cœur; ces bras te nourriraient, et je t'aimerais, s'il est possible, plus encore qu'à présent ; c'est Antonie que j'aime, que me font ces richesses, et ce nom illustre ? Qu'ai-je à faire de cette orgueilleuse famille ? Cette maison, ce jardin suffiront à notre bonheur ; je jouirai sans scrupule de ce que tu veux me donner ; mais je méprise ce que d'autres que toi se croiraient obligés de me donner, parce que je serais ton mari. Chère Antonie, notre bonheur est si grand, si parfait ; craignons d'y porter la moindre atteinte, ne le cherchons pas ailleurs que dans notre amour mutuel. En disant cela je la serrais contre mon cœur et je ne pus retenir mes larmes.

Elle partagea mon attendrissement ; cher Ferdinand, me dit-elle, tu m'as tout donné en me donnant ton cœur, et je saurai t'en récompenser ; pardonne si j'ai mis encore ton amour à cette épreuve, il est tel que je le voulais et ton Antonie est à toi. Restons ici et soyons heureux.

Nous rentrâmes à la maison ; un petit souper simple mais excellent nous attendait ; elle sut l'animer par son esprit et sa tendresse. Je lui demandai quelle démarche il fallait faire pour assurer notre bonheur et légitimer notre union. Je la conjurai à genoux d'en hâter le moment et de ne pas renvoyer plus tard que le lendemain. — Cela sera très-difficile, me dit-elle, nous ne trouverons point d'ecclésiastique qui veuille nous marier, si je dis mon nom et celui de mon tuteur; il est trop connu dans toute l'Allemagne; et un mariage sous un nom supposé n'a aucune valeur. Il faudrait aussi mentir sur mon âge et me donner pour majeure. Cher ami, ne te sens-tu pas la force de vivre cinq ans près de moi comme ces cinq derniers jours; ne sommes-nous pas heureux? — Non, Antonie, lui dis-je, en la serrant dans mes bras, non je ne veux pas te tromper, ce que tu demandes n'est pas dans la nature. Toi-même, Antonie, tu ne sais pas dans ton innocence quel tourment tu te prépares, à quel supplice tu me condamnes, et combien il est impossible de vivre ensemble aussi près, et cependant aussi loin l'un de l'autre. Il faut ce soir même nous réunir ou nous séparer à jamais...... Ne me condamne pas, mon frere, je te le jure;

en pressant Antonie de se donner à moi, c'était pour avoir un droit de plus à l'engager à me donner sa main et sa foi. Je priai, je pressai, enfin j'obtins son aveu, et je fus le plus heureux des hommes. Loin de me réfroidir, mon bonheur m'enflamma plus encore ; j'insistai avec toute l'éloquence de l'amour le plus passionné pour sanctifier notre union au pied des autels ; je levais toutes ses difficultés, et je lui en facilitais tous les moyens. Elle ne me refusait pas, mais elle renvoyait d'un jour à l'autre sous différens prétextes..... Enfin je m'apperçus clairement qu'elle n'en avait pas envie, quoiqu'elle m'aimât toujours avec la même passion ; mais il me parût qu'une union libre et du genre de la nôtre avait été son but ; et ce que j'ai su depuis m'en a donné la certitude. Sa mère n'avait que trop bien réussi à lui inspirer de l'horreur pour la chaîne du mariage, et à lui persuader que tout mari devient tôt ou tard un tyran. — Que me demandes-tu, me disait-elle avec tendresse, chaque fois que je lui parlais de nous marier ? Ne suis-je pas ta femme, notre union n'est-elle pas sanctifiée par la nature, par l'amour le plus vif, par l'amitié la plus tendre, et par la confiance la plus intime ? A quoi bon une cérémonie à laquelle je ne puis me soumettre sans dire deux mensonges, et sans violer les loix qui m'ordonnent de demander le consentement de mon tuteur ? Crains-tu peut-être l'inconstance de ton cœur ou du mien, et crois-tu de pouvoir remplacer l'amour par une chaîne pesante ? Ferdinand, donnons la preuve qu'une constance volontaire n'est pas une chimère.

Le capitaine toussa et secoua la tête d'un air mécontent.

Je te comprends mon frere, dit le trésorier ; mais tu ne sais pas combien la personne qu'on aime a toujours raison. Ma tête s'exalta aussi à cette noble idée d'une constance volontaire, et souvent même encore cela me paraît ainsi.

Cependant, dit le capitaine, si vous vous étiez mariés en face de l'église, elle serait encore là avec toi. Dans le mariage on a sans doute quelquefois des contradictions, des disputes, des mésentendus, mais lorsqu'on s'aime dans le fond, tout cela s'appaise ; arrivent ensuite les années, le doux lien des enfans, celui tout aussi doux peut-être de l'habitude, on connaît ses petits faibles, ses défauts, on y est accoutumé, et l'indulgence mutuelle remplace l'amour. Je conviens que la célébration à l'église n'est peut-être pas absolument nécessaire ; si je ne me trompe on s'en passe en Hollande, on se contente d'aller devant les magistrats ; et la conscience vaut bien un magistrat ; mais, mon frere, si le bonheur des hommes repose sur le mariage, peut-on le rendre trop public, trop solennel ? Une célébration est une manière de s'engager devant le genre humain de rendre compte de son union et de ses promesses.

Ferdinand réfléchit un instant ; je ne sais pas, mon frere, dit-il, où tu prends tes jugemens ; tu saisis toujours la vérité, et cette fois mon histoire le prouve.... Je vais te l'achever.

Nous continuâmes donc à vivre de cette manière, et je te l'avoue, mon frere, j'étais l'homme le plus heureux qu'il y eût sur la terre. Ce bonheur sans mélange ne dura pas longtems; au bout d'un mois nous fîmes connaissance à la promenade avec le seigneur du village ; c'était un jeune homme d'une figure agréable ; il était à la chasse, et nous aborda avec politesse. Un lièvre partit près de nous, Antonie le pria de lui prêter son fusil ; elle s'enfonça dans les buissons. Un second lièvre partit, elle le coucha en joue et l'abattit comme aurait pu le faire le plus habile chasseur. Ce jeune homme aimait la chasse avec passion, et Antonie avec sa franchise ordinaire m'avoua qu'elle y trouvait beaucoup de plaisir. Ce rapport de goût nous rapprocha les uns des autres. J'aimais aussi beaucoup la chasse, mais c'était celle du fauve et il n'y en avait point dans nos bois ; d'ailleurs ma tête et mon cœur étaient uniquement occupés d'Antonie. J'allai quelquefois à la chasse pour l'accompagner, mais j'y trouvais peu de plaisir. Antonie s'en apperçut, je ne me donnais pas même la peine de le lui cacher ; elle y alla plus rarement, mais lorsque notre voisin venait la chercher dans son costume de chasse, elle ne savait pas y résister; elle allait dans son habit d'amazone avec lui et ses piqueurs parcourir les bois, et rentrait souvent assez tard. Elle me racontait avec feu le succès de sa chasse, je souriais de la passion qu'elle avait pour cet exercice; je l'appellais ma belle Diane, ma charmante chasseresse. Après ces courtes absences elle me revenait plus tendre, plus aimable; j'étais bien aise qu'elle eût quelques plaisirs dans la retraite où elle vivait pour moi seul, et je n'avais aucune défiance. L'hiver arriva, les parties de chasse devinrent moins fréquentes, mais je fus un peu surpris, je te l'avoue, lorsqu'elle me dit tout-à-coup un soir à l'approche de la nuit, qu'elle voulait aller à l'affut. — Je t'accompagnerai, lui dis-je, si ta passion pour la chasse va jusque là.

Non, me répondit-elle, je n'irai pas si cela te fait la moindre peine, mais je ne veux pas que tu viennes avec moi. On sait que tu détestes cette chasse, tu n'as pas cessé de le dire, et on croirait que tu y viens par défiance. — Ma chére Antonie, lui dis-je, notre position devient tout-à-fait bisarre, pourquoi veux-tu qu'on me croie défiant ; en vérité, je ne le suis pas, mais tu ne dois pas faire des choses qui peuvent donner l'idée que j'aurais raison de l'être.

— Est-il bien sûr que tu ne l'es pas? me dit-elle en me fixant,

— Non je te le jure. Je me défierais plutôt de moi-même que d'Antonie. Mais toi, mon amie, toi qui es si sensible à l'opinion qu'on peut avoir de toi, que veux tu qu'on pense en te voyant courir les bois avec un autre homme que celui que tu nommes ton mari, et y aller même la nuit? Pour que tu pusse te conduire ainsi sans attirer sur toi le blâme et la calomnie, il faudrait n'être pas aussi jeune et aussi belle.

Les hommes, dit-elle avec dépit, même les meilleurs, ne peuvent pas oublier qu'ils sont les maîtres de la terre, et que nous ne sommes que leurs esclaves.

Ah! si tu le prends sur ce ton là, lui dis-je, j'exige que tu y ailles.... Elle y alla, mon frere, et elle y resta jusqu'à deux heures du matin.

Comprendras-tu l'excès de ma faiblesse; il ne peut être excusé que par celui de mon amour; lorsqu'Antonie revint, je ne sentis que le bonheur de la revoir, je la réchauffai contre mon cœur, je l'accablai des plus tendres caresses, je ne lui fis aucun reproche, et elle-même fut avec moi si tendre, si aimable, elle parut attacher tant de prix à ma complaisance, que je finis par être bien aise quelle eût eu cette singuliere fantaisie.

L'hiver se passa ainsi; nous étions sans cesse invités au château; le baron venait continuellement chez nous, et je ne pus douter enfin que ma belle Antonie n'eût fait une grande impression sur lui; j'éprouvais un sentiment extrêmement pénible; il m'était impossible d'avoir la moindre défiance à son sujet; j'étais convaincu qu'elle n'aimait que moi, mais j'étais blessé jusqu'au fond de l'ame de voir que j'étais le seul à le croire. Je ne pouvais me dissimuler que l'on tournait en ridicule ma faiblesse pour ma femme et mon aveuglement, et que tout le monde s'appercevait de la passion de notre voisin. Dès qu'on parlait d'un

mari

mari trompé ou trop facile, on tournait les yeux sur nous et on se chuchotait à l'oreille..... A présent même encore, mon frere, je ne puis comprendre que j'aie eu la force de le supporter, et de rester avec Antonie; mais la seule pensée de la quitter un seul jour m'était insuportable. Je pris sur moi cependant de lui parler des soins du baron et de la peine que j'en éprouvais. Elle nia qu'il l'eût jamais entretenu de son amour, et me dit en souriant avec tendresse; Ferdinand, serais tu jaloux, te défies-tu de ton Antonie?

Oui je te l'avoue, lui répondis-je, je suis jaloux, mais non pas défiant; je suis sûr que tu m'aimes, mais je ne puis surporter qu'un autre que moi t'aime; je souffre si quelque homme s'approche de toi, te parle, touche ta main, ta robe même; si ton regard s'attache sur un autre, c'est pour moi comme des coups de poignard. Antonie, chere Antonie, ton Ferdinand ne peut-il plus suffire à ton bonheur ? Retirons-nous de ce monde où je suis si malheureux, où l'on te juge si mal. Si tu m'aimes comme j'en suis convaincu, que te faut-il de plus que mon amour ?

— *Comme tu en es convaincu*, me répondit-elle en me fixant ; tu es convaincu que je t'aime, et tu te dis jaloux ! Non, Ferdinand, tu n'es pas jaloux, ni défiant, mais tu es un homme, c'est-à-dire un despote. Tu n'aimes pas la chasse, et tu aurais voulu me priver de cet innocent plaisir..... Tu n'aimes pas la société, et tu veux que j'y renonce, et tu prends pour cela un vain prétexte, que ton cœur même désavoue, puisqu'il est convaincu de la fidélité du mien. Mais ce n'est pas assez pour toi que je sois tendre et fidèle, il faut encore que je sois soumise, soumise comme un esclave. Oh ! ma mere vous aviez trop raison, tous les hommes sont despotes, et les tyrans des malheureuses femmes !

Que pouvais-je dire, mon frere ? Elle avait déchiré mon cœur, mais peut-être aussi avais-je eu tort ; je me tus, et je continuai de l'accompagner aux assemblées du château. Elles étaient composées de la noblesse du voisinage, mais ces nobles de province qui vivent toujours dans leurs terres ont quelquefois un mauvais ton ; celui de nos voisins me déplaisait d'autant plus que leurs sarcasmes, et même souvent leur impolitesse retombaient sur Antonie qu'ils croyaient fort au dessous d'eux pour la naissance. Elle aurait dû mépriser ces propos et laisser là ces gens ; mais au contraire elle chercha de son côté à les rabaisser, elle y employa tout son esprit, et elle en avait beaucoup. Elle parvint à leur en imposer, à se faire craindre, mais non pas à se faire aimer, et je vis avec douleur que mon Antonie n'avait pas oublié son rang.

Ainsi s'écoula presque une année, et malgré les momens de peine dont je viens de te parler, je puis la compter pour la plus belle année de ma vie; j'étais aussi heureux qu'on peut l'être; Antonie était si belle, si aimable; quelque fois, il est vrai, mes soupçons sur le baron se réveillaient avec force; surtout lorsque je croyais m'appercevoir qu'ils étaient partagés par tout ce qui m'entourait, et je ne pouvais alors m'empêcher d'en parler à Antonie, souvent même avec un peu d'humeur. Elle ne cherchait plus à se justifier, mais je voyais des larmes dans ses yeux, j'entendais ses soupirs, et je ne songeais plus qu'à l'appaiser.

Ce fut le lendemain de l'une de ces scènes de jalousie et de sentiment, que je la vis entrer dans ma chambre parée avec une élégance simple, et noble, et comme j'aimais à la voir. Une expression indéfinissable de bonheur, de tendresse, et d'un noble orgueil, animait son charmant visage. Sa guitarre dont elle jouait très bien, était suspendue à son cou par un ruban. Elle s'assit à côté de moi et me chanta en s'accompagnant, un air extrêmement tendre, et que j'aimais à la passion; c'était une invocation à l'amour heureux et fidèle; elle en avait changé les paroles, et c'était l'amour maternel qui en faisait à présent le sujet. Quand elle eut fini, elle posa sa guitarre, et vint se jetter dans mes bras; mon cher Ferdinand, me dit-elle, je suis mere, le gage de notre amour existe dans mon sein. Oh! mon ami, mon amant, mon époux, partage mon bonheur, et dans ce jour solennel demande-moi tout ce que tu voudras, je ne refuserai rien, rien du tout au pere de mon enfant.

Je tombai à ses pieds, mon émotion était excessive. Oh ! combien alors Antonie m'était chère ; quel moment, mon frere, que celui où une femme adorée nous apprend que notre existence est doublée, et qu'un être doit la vie à notre amour ! Je la serrai dans mes bras avec ardeur, elle m'entoura des siens, et répéta sa touchante priere ; n'as-tu donc rien à me demander, me dit-elle avec tendresse ? Insensé que j'étais, l'objet de ma jalousie se présenta seul à ma pensée ; eh bien ! Antonie, lui dis-je, je te demande, j'exige de toi que tu ne renvoye jamais notre voisin ; me le promets-tu ? Ses bras dont elle me serrait encore, m'abandonnèrent, un nuage se répandit sur sa physionomie.

Quoi, me dit-elle, c'est ce que tu me demandes aujourd'hui, dans ce moment, tu n'as que cette parole dure à me dire? Ce n'est pas ce que j'attendais. O ma mere! ma mere! dit-elle en levant les yeux au ciel et les rebaissant sur moi, elle ajouta encore: Tu n'as donc rien d'autre à me demander, Ferdinand?

Non, lui dis-je avec un ton de fermeté que je crus nécessaire dans ce moment décisif, non rien d'autre, Antonie; je suis convaincu que c'est le seul obstacle à mon bonheur; je ne me défie pas de toi, tu m'aimes, j'en suis sûr; mais la mere de mon enfant ne doit pas être calomniée, et passer pour une femme infidèle. J'exige que de ce moment tu rompes toute espèce de relation avec le baron.

Je t'obéirai, me dit-elle, en se levant, je ne le reverrai plus . . . . . . Elle sortit et alla se renfermer dans sa chambre le reste du jour. Mais elle me tint parole, elle ne revit plus le baron;

elle refusa toutes les invitations du château ; lorsqu'il vint chez nous elle se retira dans sa chambre, elle ne sortit plus seule, et jamais obéïssance ne fut plus entiere. Étais-je donc parfaitement heureux ? Je l'aurais été sans doute si mon Antonie avait été heureuse elle-même ; mais son humeur devint d'une extrême inégalité ; tantôt elle était tendre et caressante au possible, et plus qu'elle ne l'avait encore été ; tantôt triste, sombre, concentrée en elle-même ; il *y* avait des jours où elle ne pouvait pas me quitter un instant, et d'autres où elle restait toute la journée dans sa chambre, et je voyais quand enfin elle en sortait, les traces des larmes qu'elle avait versées. J'attribuais tout cela à son état, au dérangement de sa santé, et j'attendais avec impatience le moment où la naissance de notre enfant ramenerait le calme et la paix dans notre ménage ; je lui en parlais sans cesse pour la distraire et l'intéresser, et je formais des plans pour l'éducation de ce cher petit enfant, qui n'étaient pas toujours d'accord avec les siens, mais que je soutenais exprès pour exciter sa vivacité, animer l'entretien, et la tirer de sa mélancolie, ce qui ne me réussissait pas toujours.

Enfin un matin je la vis arriver dans la chambre du déjeûner avec la robe qu'elle portait la premiere fois que nous montâmes ensemble sur l'escarpolette; elle ne l'avait mise depuis lors que deux fois, le jour qu'elle appellait celui de nos nôces, et le jour de ma naissance.

Elle s'avança et me dit avec un accent triste et doux; mon cher Ferdinand, oublies tous mes torts, dis-moi que tu me pardonnes tous les chagrins que j'ai pu te donner, soyons ensemble aujourd'hui comme le premier jour où nous fûmes ensemble sur l'escarpolette, comme le premier jour où tu m'as aimée. Elle avait en disant cela une telle expression de mélancolie et de tendresse, qu'elle pénétra jusqu'au fond de mon ame. Oh ! mon Antonie, lui dis-je, quels sont tes torts ? Je ne t'en connais point, tu fais mon bonheur et ma gloire. Depuis le jour fortuné où je te vis pour la premiere fois, jusqu'à celui de ma mort, mon amour a été et sera toujours le même. Elle s'attendrit et pleura dans mes bras; j'étais au comble de la joie de ce retour de tendresse, et ce jour là, je goûtai un bonheur sans mêlange...... Ce fut le dernier, elle s'arracha de moi le soir en prétextant sa santé pour que je ne partageasse pas son appartement; depuis le mien je l'entendis encore chanter et jouer de la guitarre; elle prit ensuite la flûte et joua cet air que j'avais entendu sous sa fenêtre la veille de son départ des bains.

» J'ai perdu l'objet que j'aime,
» Je l'ai perdu pour toujours.

Il ne me fit pas la même impression ; j'étais près d'elle, et je m'endormis doucement avec cette pensée. Le lendemain matin je m'éveillai de bonne heure et je voulus passer chez elle ; la fille qui la servait me dit qu'elle était déja levée, et qu'elle était au jardin pour me cueillir un bouquet ; je voulus aller la joindre, elle n'y était pas.

Juge de mon inquiétude mortelle, elle ne revenait point ; je la cherchai partout inutilement, et j'étais au désespoir. M'avait-elle quitté volontairement? je ne pouvais le croire..... j'eus un instant l'affreuse idée que le baron l'avait enlevée ; je courus au château, il y était en compagnie, et très-calme ; je ne témoignai rien de mon inquiétude et je revins à la maison espérant d'y retrouver Antonie; peut-être pensais-je elle a repris son goût pour la chasse.... Elle ne reparaissait point, j'étais au supplice. Enfin sur le soir un enfant du village qu'elle aimait beaucoup, vint m'apporter une lettre; c'est de madame, me dit-il en me la donnant. Où est-elle, m'écriai-je en rompant le cachet? Il m'apprit qu'elle était allée le matin chez le pere de l'enfant et qu'elle y avait laissé cette lettre en ordonnant qu'on ne me la rendit que le soir. La voici, mon frere, dit le trésorier en la sortant d'un tiroir, et la donnant à son frere, lis la à haute voix, je n'en aurais pas la force. Le capitaine la prît et lût.

„ Je t'aime, Ferdinand, je n'ai ja-
„ mais aimé que toi, et je viens te
„ dire un éternel adieu. Un serment
„ plus ancien, plus fort, plus sacré
„ que celui qui me lie à toi; un ser-
„ ment prononcé sur le lit de mort
„ de ma mere, m'oblige à te fuir,

» toi que j'aime avec idolâtrie ; non,
» tu n'en as jamais douté, mais cet
» amour ne t'a pas suffi, il te fallait
» encore ma soumission, mon obéis-
» sance. La passion de dominer, cette
» passion de ton sexe impérieux, l'a
» même emporté dans ton cœur sur
» celle d'appartenir tout-à-fait à ton
» Antonie, de donner un pere légi-
» time à notre enfant. Avec quel trans-
» port alors je t'aurais sacrifié ma
» prévention contre un lien qui fait
» presque toujours le malheur des fem-
» mes. Un mot, un seul mot de toi
» et je courais à l'autel jurer une
» obéïssance contre laquelle tout mon
» être se révolte, qui ne doit pas être
» mon partage, une obéïssance à la-
» quelle j'ai promis de ne jamais me
» soumettre.... Heureusement, sans dou-
» te, tu as repoussé cet instant de fai-
» blesse, et tu n'as su me demander
» que ce que tu croyais un sacri-

» fice. De ce moment, Ferdinand, » j'ai juré de te fuïr à jamais pendant » que je t'aime encore ; je finirais » par haïr l'homme qui serait mon » maître, qui voudrait me donner » des loix, et je veux t'aimer toute » ma vie. Je veux au moins sauver » mon amour, c'est le seul bien qui » me reste, je lui dois d'être mere, » je lui dois mon bonheur de toute » une année, c'est plus, c'est bien » plus que je ne devais attendre de » mon cœur orgueilleux. Toi, cher- » che, et trouve le bonheur avec une » femme ordinaire, avec un cœur à » la fois tendre et docile, qui sache » t'aimer et se plier à tes volontés ; » oublie ta fière et malheureuse An- » tonie. Ah ! oui bien malheureuse, » car jamais elle ne te reverra. Si » tu pouvais imaginer quels combats » affreux j'ai eu à soutenir avec moi- » même, combien de fois mon amour

„ pour toi a été sur le point de l'emporter „ sur ma mere, et sur ce que je lui ai „ si saintement juré. Il faut partir, il „ le faut, pendant que je le puis en- „ core; le premier cri de notre enfant „ m'en ôterait le pouvoir, je ne pour- „ rais plus quitter son pere, et je ne „ serais plus qu'une vile esclave sans „ force et sans énergie. Adieu donc, „ cher Ferdinand, adieu pour jamais.

Le capitaine resta immobile, les yeux fixés sur cette singuliere lettre.

Ferdinand se promenait dans la chambre les bras croisés, les yeux baissés, absorbé dans ses pensées..... Après un long silence, il se rapprocha de son frere et lui dit avec un air sombre et une voix tremblante :

— Je ne l'ai plus revue..... Il fit encore quelques tours, ouvrit la fenêtre, respira l'air un moment, et revint avec un ton plus calme se rasseoir auprès de son frere et reprendre sa narration.

Je fus consterné, anéanti à la lecture de cette lettre ; mon premier mouvement fut de courir chez les parens de l'enfant qui me l'avait apportée. Antonie y avait été le matin ; elle en était partie ; ils sauraient peut être quelle route elle avait prise : hélas! ils ignoraient ce que je voulais savoir ; mais ce que j'appris d'eux mit le comble à ma douleur et à mes regrets. Antonie, ma fidelle Antonie, n'avait jamais été seule à la chasse avec le baron, et même très-rarement avec lui. Ce paysan gagné par elle avait l'ordre de ne pas la quitter une minute, quand elle allait à la chasse, et de ne pas me le dire. Le soir où je la croyais à l'affut, elle fut toujours chez lui avec sa femme et ses enfans.... Je compris alors qu'elle avait voulu m'éprouver sur tous les points avant que de lier son sort au mien, et j'avais succombé à l'épreuve de la jalousie. Répentant, désespéré, je revins chercher si je ne trouverais rien dans ses papiers qui me donna des renseignemens ; je ne trouvai que des actes en bonnes formes qui m'assuraient la propriété de tout ce qu'elle laissait, et qui était une fortune ; elle n'avait emporté que ses bijoux. Je vendis tout, et l'argent que j'en tirai fut mis à part, et conservé comme un dépôt sacré, auquel je n'ai pas touché même dans mes besoins les plus pressans. Je voyageai de tous côtés pour tâcher de la découvrir; je n'apperçus aucune trace d'elle. Au bout de cinq ans je me rendis à sa ville natale, elle avait fait faire des démarches pour rentrer dans ses biens en s'adressànt au prince; elle y avait réussi en partie, et ses revenus lui étaient envoyés à Lausanne en Suisse. Je partis pour cette ville ; je m'adressai au banquier chargé de retirer ses fonds et de les lui faire passer ; je ne pus rien apprendre de certain ; il me dit que cette personne était tantôt en France, tantôt en Italie, et tirait sur lui par le canal d'autres banquiers. Je le mis dans mes intérêts ; il me promit de prendre des informations et de m'en faire part. Je voyageai encore une année sans obtenir plus de succès, mais correspondant toujours avec le banquier de Lausanne qui me donnait souvent l'espérance de trouver la personne que je cherchais. Enfin il m'écrivit qu'il avait la certitude qu'elle était morte d'une maladie de langueur, et qu'il avait renvoyé à ses parens en Allemagne tout ce qu'il avait à elle..... Je la pleurai sincèrement et je maudis cet orgueil insensé auquel elle avait sacrifié notre amour et sa vie ; mais que n'aurais-je pas donné pour savoir si notre enfant avait vécu, s'il vivait encore?..... Je ne pus rien apprendre là dessus. Vers ce tems là, nous perdîmes notre bonne mere, tu t'affligeais de ma longue absence, mon cœur fatigué avait besoin de se reposer dans le sein de l'amitié fraternelle; je revins auprès de toi et de ma sœur, et pendant longtems encore je ne fus susceptible d'aucun autre sentiment que celui qui m'attachait à vous et au portrait d'Antonie qui ne me quittait jamais. Enfin au bout de douze ans ce souvenir s'affaiblit; j'eus occasion de connaître mon excellente femme, et si je ne l'aimai pas comme on n'aime peut-être qu'une fois en sa vie, je l'aimai assez pour desirer d'unir mon sort au sien. J'avoue que son caractere me convenait beaucoup mieux que celui d'Antonie, et qu'elle m'a rendu parfaitement heureux, de ce bonheur égal, tranquille, et durable, le seul qu'on puisse appeller vraiment bonheur ; car celui que nous donnent les passions violentes n'est que du délire, et ne peut pas durer longtems. Tous les jours je m'attachais plus à ma femme ; et je te le jure, mon frere, pendant tout le cours de ma paisible et longue union avec cette excellente personne, je n'ai pas regretté une seule fois ce sentiment brûlant, dévorant, dont un seul regard d'Antonie m'enflammait, et qui m'a fait plus souffrir qu'il ne m'a rendu heureux. Mais dans les premieres années de mon mariage, lorsque ma compagne s'affligeait de n'avoir point d'enfans, je pensais avec un affreux serrement de cœur à celui que l'amour m'avait donné et que j'ai repoussé loin de moi ; je croyais entendre alors la douce voix d'Antonie me dire, Ferdinand, je suis mere, tu peux tout demander à la mere de ton enfant.... Et moi malheureux ! je ne lui demandai pas ce qu'elle attendait, ce qu'elle devait attendre d'un amant et d'un pere; je brisai son cœur, ce cœur si fier et si sensible qui ne pouvait s'abaisser à la priere, mais qui aurait voulu tout m'accorder. Voilà mon frere, le ver rongeur qui déchirait mon ame, et qui pendant les six premieres années de mon mariage empoisonna mon bonheur. Enfin je me décidai à faire un voyage pour tâcher encore de découvrir quelque chose sur le sort de cet enfant dont j'ignorais le sexe et même l'existence et dont l'image me poursuivait sans cesse. J'alléguai à ma femme un prétexte plausible de mon absence, et je partis. J'allai droit à la ville natale d'Antonie, décidé à m'adresser à sa famille pour savoir si au moment de sa mort elle n'avait pas un enfant avec elle, et ce qu'il était devenu. Je pris des informations.......... oh, mon frere! mon frere! imagine si tu le peux ce que j'éprouvai quand j'appris qu'elle-même ! Antonie !..... mon frere, elle vivait encore, elle habitait la ville même où j'étais alors ; je ne pus douter que ce ne fut bien elle ; son nom et ce qu'on savait de son histoire, son évasion miraculeuse de chez son tuteur, ses longs voyages en habit d'homme, ses lettres au prince, tout me fut détaillé à ne pouvoir m'y tromper ; on ajouta que depuis quatre ou cinq ans elle était revenue dans sa patrie, et qu'elle avait trouvé sa fortune très-diminuée par la mauvaise foi de son oncle.

Lorque je fus assez revenu de mon saisissement pour pouvoir prononcer un mot, je m'écriai, a-t-elle des enfans ?.... Elle n'a jamais voulu se marier, me répondit-on, elle a refusé les partis les plus considérables, et résisté même aux ordres du prince, dont elle a perdu la faveur. Elle vit dans une petite campagne, à la porte de la ville, seule avec quelques domestiques ; elle consacre sa vie et ses revenus à la bienfaisance, et la pousse même si loin qu'on assure qu'elle se ruine. On prétend que c'est sa mere qui lui a fait jurer à son lit de mort de ne jamais se marier, et c'est bien dommage, elle était si belle et si riche.

Je quittai celui qui me parlait, dans un état impossible à te rendre ; sans réfléchir, sans savoir ce que je faisais, je précipitai mes pas du côté où l'on m'avait dit que demeurait Antonie ; je sortis de la ville, et je continuai à marcher avec une sorte d'égarement.... Je me rappelle que ceux que je rencontrais me regardaient avec surprise. A cent pas environ de la porte de la ville, je m'arrêtai...... Etait-ce un songe, une illusion? mon cœur battait violemment, je passai la main sur mes yeux, mes forces m'abandonnerent au point que je fus obligé de m'appuyer contre un arbre.

— A vingt pas de moi je voyais notre jolie campagne des montagnes de Thuringe arrangée exactement comme lorsque je l'habitais avec Antonie; cette maison quarrée à un seul étage, peinte en couleur de rose, avec des contrevents verds, la treille en berceau au midi, le bosquet de sapins au nord, le petit jardin de fleurs et de légumes, cette cour fermée par une haye avec les bâtimens d'agriculture sur un des côtés et une fontaine de l'autre.... Mon frere, mon frere, dix-huit ans s'effacèrent de ma vie; je crus me retrouver dans les montagnes de Thuringe à ce moment fortuné où Antonie me dit en m'embrassant: „ voilà ta propriété, voilà notre demeure". Je me jettai sur la terre en prononçant son nom. Oh! Si elle avait paru! Si elle avait entendu mes cris! Une fois encore

encore j'aurais juré à ses pieds de ne plus exister que pour elle ; mais je ne la vis pas ; et l'excès de mon saisissement fut ce qui me sauva ; il m'ôta la force d'aller plus loin ; couché au pied de arbre contre lequel j'étais tombé, je pus au bout de quelques instans, réfléchir avec plus de calme à ma situation ; l'image de mon épouse bien aimée vint à son tour se placer dans mon cœur et dans ma pensée, et me donna le courage de m'arracher à ce lieu dangereux ; ce ne fut pas sans un douloureux combat, mais le devoir l'emporta...... Je cherchai à me rappeller qu'Antonie une fois aussi, s'était arrachée de cette demeure, qu'elle avait abandonné celui qui l'aimait uniquement, et sans doute c'était par son ordre qu'on m'avait appris sa mort. Non, non ! m'écriai-je, Antonie n'existe plus pour moi ; non je ne dois ni ne veux la revoir ! et je retournai à pas précipités du côté de la ville. Je rentrai dans mon auberge, je m'enfermai dans ma chambre, et je m'affermis toujours plus dans ma résolution. Mais à mesure que j'éloignais l'idée d'Antonie, celle de notre enfant revenait avec plus de force; il faut, il faut que je sache ce qu'il est devenu! Il faut qu'elle me le rende, m'écriai-je!...... Je me levai, je courus à un bureau qui était dans ma chambre, et j'écrivis à Antonie une lettre qui se ressentait du désordre de mes pensées. Sans oser la relire je la cachetai, et l'envoyai aussi-tôt par un des gens de l'auberge. La voilà, mon frere, Antonie me la renvoya avec sa réponse écrite sur la même feuille.

*Ferdinand Rosenbach à Antonie de* *****.

„ Antonie existe, Antonie m'aime
„ encore! oui tu m'aimes Antonie,

» et ton cœur ne t'a pas dit que ton Fer-
» dinand était près de toi près de cette
» demeure créée par ton amour et tes
» souvenirs, image de celle que tu ha-
» bitais avec lui, et que tu n'aurais
» jamais dû quitter...... Ne craignez
» rien, Antonie, ce n'est plus ce Fer-
» dinand amoureux, jaloux, injuste,
» insensé; ce n'est plus un amant ty-
» rannique, un époux despote; c'est un
» pere, un pere au désespoir qui vient
» réclamer ses droits, et vous rede-
» mander son enfant, cet enfant que
» vous lui avez enlevé femme barbare
» et cruelle! J'ai donné à une épouse
» ce cœur que vous avez dédaigné,
» mais mon enfant a-t-il abandonné
» volontairement un pere qui l'aurait
» adoré? Hélas! je le redemande
» et peut-être il n'a jamais vu le jour.
» Antonie, au nom de cet amour si
» tendre qui remplissait ton cœur, qui
» l'occupe encore, parle-moi de mon

„ enfant, rends-le à ma tendresse, à
„ mes bras paternels qui brûlent de
„ le serrer. Toi qui sors aujourd'hui
„ pour moi du tombeau où je te croyais
„ en paix depuis douze années; ange
„ du ciel, aye pitié de moi. Je te de-
„ mande aussi un souvenir des mon-
„ tagnes de Thuringe et d'une année
„ de bonheur, je te demande l'être
„ qui me doit la vie, qui m'appartient;
„ mon unique enfant. Je te jure par
„ toi-même, Antonie, de le rendre
„ heureux; ma femme est bonne, elle
„ m'aime, elle n'a point d'enfant, elle
„ aimera le mien...... *ma femme*, ai-
„ je dit, et j'écris à Antonie!.....Oui,
„ ma femme, oui, cette douce com-
„ pagne de ma vie, qu'Antonie en me
„ quittant m'ordonna de chercher....
„ Pendant six années je n'ai cherché
„ qu'Antonie, pendant six autres an-
„ nées de douleur j'ai pleuré sa mort;
„ elle a voulu être morte pour Ferdi-

» dinand ! je ne la reverrai jamais ; » mais je lui demande mon enfant..... » il doit avoir à présent dix-huit ans.... » mais son sexe.... mais son nom...... » Ah Dieu ! je suis pere et j'ignore tout. » Antonie, s'il est vrai que tu penses » encore à moi, et cela peut-il être » autrement dans ta demeure? Regarde » autour de toi, ce cabinet, ce berceau, » ce bosquet ; pourras-*tu refuser quel-* » *que chose au pere de ton enfant?* » Antonie, rends-moi mon bien, rends- » moi cet enfant chéri.

---

*Antonie de ***** à Ferdinand Rosenbach.*

» Est-ce bien toi, Ferdinand, qui » viens comme un spectre effrayant » parler à ma conscience, et tourner » le poignard dans mon faible cœur. » Après dix-huit années est-il vrai que » Ferdinand soit près de moi, est-ce

„ bien lui qui m'écrit? Est-ce le mari
„ d'une autre femme qui vient me rap-
„ peller notre sainte union? Tu m'as
„ crue morte, dis-tu; ah sans doute je
„ voulais être morte pour toi, je ne
„ pouvais plus rien d'autre pour ton
„ bonheur, et j'ai trop bien réussi à
„ l'assurer; j'étais convaincue que je
„ ne pouvais pas te rendre heureux,
„ que je ne serais pas heureuse avec
„ toi. Je t'aimais trop pour t'épouser,
„ l'amour aurait mis la faible Antonie
„ sous la dépendance la plus servile....
„ mais..... un autre que Ferdinand,
„ non, non jamais. Je te remercie de
„ l'avoir formé cet autre lien qui nous
„ sépare...... ma demeure vient de te
„ dire si je t'ai oublié, et quel serait
„ encore ton empire sur moi; je ne
„ puis lui échapper qu'en ne te re-
„ voyant jamais; et plus je sens que
„ je t'adore, plus je renouvelle le ser-
„ ment de ne plus te revoir. L'enfant

» dont tu veux que je te parle était
» une fille, elle s'appellait *Ferdina*,
» nom chéri, inventé pour elle seule,
» que je ne prononçai jamais sans émo-
» tion, et qui devait lui porter bon-
» heur ; mais il fallait sans doute une
» victime pour expier et ma faiblesse
» et mon orgueil, et c'est notre fille,
» c'est notre chere Ferdina que le ciel
» a choisie..... Ne me demande plus
» rien, malheureux pere, jamais tant
» que je vivrai je ne me séparerai de
» ce qui me reste de ma fille, de la
» tienne. Elle repose en paix dans ce
» bosquet d'arbres verds, pareil à celui
» où je te jurai si souvent un amour
» éternel. Ah ! du moins je n'ai pas
» trahi ce serment. Adieu Ferdinand,
» fuis loin de moi, vas rejoindre ton
» heureuse et sage compagne, oublie
» celle qui ne sut être ni sage ni heu-
» reuse.... mais non, non Ferdinand,
» n'oublie jamais celle dont tu fus tant

„ aimé, fuis la seulement et console-
„ toi. Tu m'as crue morte et je vis
„ encore; un jour peut-être tu retrou-
„ veras ta fille et ton Antonie.

„ Je me défie de moi-même et je
„ m'éloigne pour quelques jours. Fer-
„ dinand, tu dois des larmes au tom-
„ beau de ta fille.

Le garçon qui me remit cette lettre me dit que mad$^{me}$. la comtesse de****. était montée en voiture en même tems qu'elle lui avait donné sa réponse.

Ah! sans doute j'avais besoin de voir la retraite d'Antonie, de pleurer sur le tombeau de ma fille que je n'avais jamais vue et que je regrettais si sincèrement. Combien je sus gré à sa mere d'avoir prévu ce desir. Je repris une seconde fois la route de la ferme et j'y fus bientôt. J'avais encore si présent à mon cœur les lieux qu'elle avait imités, et ils l'étaient si bien, que je n'eus pas de peine à trouver l'entrée du bosquet ; elle était ouverte quoique la clef qui y était m'indiquât qu'on la fermait à l'ordinaire. Au fond de notre bosquet de la Thuringe, était une espèce de salle formée par des ifs et des cyprès ; dans nos momens de tendre mélancolie, nous aimions Antonie et moi à nous y établir des heures entieres, nous y parlions d'objets sérieux et souvent même de la mort ; Antonie l'appellait en riant, notre sallon de philosophie. Je ne doutai pas de la retrouver, et que ce ne fut là où reposait notre enfant. Je ne me trompais pas ; excepté que les arbres jeunes encore formaient un ombrage moins épais ; il était exactement de même ; un simple mausolée de marbre blanc était élevé au milieu ; sur une des faces de l'urne cinéraire une F et un R entrelacées étaient gravées, sur l'autre le touchant emblème d'une rose effeuillée et couchée sur la terre, un petit bouton plein de vie et de fraîcheur sortait de sa tige brisée; je compris que c'était ma fille dans son enfance et qu'elle était morte dans sa fleur. En effet un millésime gravé dessous m'apprit qu'il n'y avait qu'une année; elle avait donc vécu dix-sept ans et je l'avais ignoré, et je ne retrouvais d'elle que ses cendres et son tombeau!... Mon frere, mon frere! je versai aussi des larmes cruelles, mais te l'avouerai-je, un sentiment amer contre Antonie m'oppressait autant que la douleur et les regrets; de quel bien cette femme hautaine, égoïste, avait-elle privé mon cœur pour en jouir seule comme un avare de son trésor, pendant dix-sept années; et ce trésor avait-elle su le conserver! Dans mon injuste colere je lui reprochai presque cette mort prématurée dont j'ignorais la cause, je lui en voulais d'avoir pû survivre à sa fille, à notre fille.... Qui sait, disais-je, si mes soins, si ma tendresse, mon amour paternel, n'auraient pas préservé cette tendre fleur ; quel orage a pû la faire périr à peine épanouie, l'enlever dans un âge où l'on ne devrait connaître encore que la joie et la santé ? J'aurais voulu pouvoir interroger ses cendres ; ah ! si seulement une fois, une seule fois j'avais pu la voir, l'embrasser, la bénir, chercher dans ses traits les miens et ceux d'Antonie ; chère Ferdina ! m'écriai-je, ressemblais-tu à ce pere qui t'aurait tant aimée, dont tu portais le nom ?.... alors j'eus l'idée que peut-être son portrait serait quelque part dans la maison, et le desir de le voir devint si vif, qu'après avoir pressé de mes levres le chiffre de mon enfant je précipitai mes pas hors du bosquet, et j'entrai dans la petite cour. Un vieux domestique italien vint au-devant de moi ; il me salua avec politesse, et m'offrit le premier de me faire voir l'intérieur de la maison, et les tableaux de Mad. la comtesse, qui était absente pour quelques jours. Lorsque je vivais avec Antonie, elle avait du goût et du talent pour le dessin, mais elle l'exerçait peu ; son valet de chambre me dit qu'elle avait fait des études suivies en Italie, pris des leçons des meilleurs maîtres, et qu'elle excellait à présent dans cet art dont elle faisait son occupation principale.

Le croiras-tu, mon frere, ce que je venais d'éprouver auprès du tombeau de Ferdina, avait fait une telle impression sur mon ame, et m'avait irrité contre Antonie au point que ce fut sans trop d'émotion que je me retrouvai dans un endroit qui devait me retracer tant de choses, où chaque pas me rappellait une époque du bonheur de ma jeunesse...... je ne pensais à rien qu'à ma fille, qu'au desir de voir son portrait, qu'au moyen d'interroger sans me trahir mon vieux conducteur qui devait la connaître. Je lui avais déjà demandé s'il y avait longtems qu'il était avec Mad. la comtesse ; il m'avait répondu qu'il était son plus ancien serviteur...... J'avais voulu nommer Ferdina, et son nom était expiré sur mes levres tremblantes. Pour entrer dans la maison il me fit traverser le berceau de pampres pareil à celui où Antonie m'avait raconté son histoire ; là cependant je ne pus retenir un profond soupir ; mon guide aussi soupira, et me dit en me montrant un banc placé comme celui où j'étais assis à côté d'elle ; voilà où Mad. la comtesse et sa pauvre jeune amie étaient ensemble tous les matins et tous les soirs. — Sa jeune amie ! m'écriai-je, au nom du ciel dites-moi..... — Que voulez-vous que je vous dise, elle est morte, et c'est bien dommage , si jeune et si belle!.... n'en parlons plus , cela me fait trop de peine. Venez voir les tableaux, vous verrez son portrait. Allons. Je m'étais assis sur le banc pouvant à peine me soutenir ; dans l'excès de mon émotion , je me levai et le suivis. Nous entrâmes dans la maison..... Mon frere , Antonie n'avait rien oublié ; j'étais absolument chez nous en Thuringe ; un chapeau rond qui m'appartenait et qu'elle avait emporté lorsqu'elle me quitta , était dans la salle à manger au même crochet où j'avais coutûme de le pendre. Mon guide me fit entrer dans *mon* appartement ; voilà, me dit il en l'ouvrant , ce qui était la chambre de la pauvre Ferdina ; vous pourrez passer de là dans celle de Mad. la Comtesse , où sont les tableaux. Il me quitta , et je me trouvai seul dans cet appartement comme lorsque Antonie m'y laissa à notre arrivée ; et il avait été celui de ma fille ! Oh ! mon frere, j'étais près de succomber à tout ce que j'éprouvais........ Sur la boiserie était un grand tableau voilé par un rideau que je soulevai d'une main tremblante ; était ce ma fille que j'allais voir ?.... hélas ! ce n'était pas elle, je laisse retomber le rideau avec dépit, c'était son malheureux pere, mais tel que brillant de jeunesse et d'amour, il obtint le cœur de la belle Antonie ; mes chagrins et dix-huit années m'avaient changés au point d'être méconnaissable, et le vieux serviteur italien ne dut assurément pas se douter que j'étais l'original de ce tableau et de ceux dont je vais te parler.

J'ouvris mon cabinet, je passai dans celui d'Antonie ; ce fut encore un de ces momens doux et cruels où je rétrogradai de dix huit années, où mon cœur battit vivement, mais bientôt un seul objet vint effacer tous les souvenirs, et m'occuper entièrement, c'était ce portrait que je désirais si passionnément de voir, c'était ma fille, ma Ferdina; je ne pus la méconnaître. Ce tableau presque de grandeur naturelle était placé près du lit d'Antonie; il représentait une belle jeune fille de douze à treize ans, assise devant une table, occupée à dessiner d'après un buste posé devant elle, et ce buste était le mien; ses beaux yeux noirs qui ressemblaient à ceux d'Antonie le fixaient avec une expression de tendresse et de respect; on reconnaissait encore mes traits dans l'ébauche qui était commencée; une de ses mains était appuyée dessus, l'autre tenait un crayon... Tu pleures, mon frere, tu comprends donc tout ce que j'éprouvai! ma colère contre Antonie s'évanouit, elle avait parlé de moi à notre enfant, elle lui avait appris à m'aimer, tout lui fut pardonné..... Je ne pouvais rassasier mes yeux de ce tableau, il me semblait qu'il aurait dû s'animer par mes regards ; dix fois je voulus m'en arracher, j'y revenais sans cesse. Je ne te parlerai pas de la physionomie céleste de ma Ferdina, tu la connais, je te l'ai vue souvent admirer avec un plaisir extrême, c'est cette belle figure d'un ange s'envolant au ciel qui est dans mon cabinet ; tu y trouvais de la ressemblance avec notre pere, tu t'extasiais sur la peinture, qui est en effet superbe, c'est l'ouvrage d'Antonie, et l'amour maternel conduisait son pinceau.

Enfin je m'arrachai de ce cabinet et je passai dans la chambre, elle était garnie de tableaux peints à l'huile ; le cœur plein de celui que je venais de quitter, je regardai machinalement celui qui était près de la porte..... Mon frere, je n'étais pas au bout des émotions de cette journée ! le sujet de ce tableau, charmant lors même qu'il ne m'eût pas intéressé, était notre rencontre à l'escarpolette russe, dans le jardin public de Wilhelmsbad; toute cette scène était rendue avec la plus grande vérité; Antonie frappante de ressemblance était au-dessus de la roue et me jettait la rose que je paraissais prêt à recevoir; la foule autour de nous, nous applaudissait..... je fis le tour des tableaux, c'était toute notre histoire qui formait six tableaux, sur deux côtés de la chambre; le dernier représentait la scène touchante du jour où elle me quitta en Thuringe..... Je les regardai rapidement, ils oppressaient mon cœur, et je me hâtai de voir si dans ceux qui garnissaient l'autre côté du sallon je ne trouverais pas quelque lumière sur ce qui s'était passé depuis ce moment là. Il y avait aussi trois tableaux, le premier ne représentait qu'Antonie apprenant à lire à sa petite fille ; mais juge de ce que je sentis quand en m'approchant davantage je vis qu'elle lui faisait épeler mon nom ; sur le papier qu'elle tenait, et sur lequel la petite posait son doigt, était écrit, *cher papa Ferdinand.* — Antonie, Antonie, pourquoi m'as tu quitté, m'écriai-je à haute voix ! pourquoi moi même !.... Oh ma fille ! oh mon enfant ! non je n'ai pas su remplir le devoir d'un pere, je t'ai sacrifié à ma jalousie !.... J'eus un moment de vrai désespoir, je pleurai extrêmement, je fus soulagé, et je passai à l'examen des autres tableaux.

Dans celui qui suivait il n'y avait encore qu'Antonie et sa fille : Ferdina dans la fleur de l'âge était aux genoux de sa mere qui l'embrassait avec une tendresse mêlée de sévérité. Ferdina n'avait que l'expression de la plus profonde douleur, et son costume y ajoutait encore; elle était en longs habits de deuil, un voile de crêpe cachait à demi son beau visage, flétri par la maladie ou le chagrin.

Le troisieme tableau me parût allégorique; il représentait le tombeau de Ferdina tel que je venais de le voir dans le bosquet; mon buste et celui d'Antonie étaient posés sur le socle; un bel enfant, ou plutôt un petit génie, paraissait sortir de ce tombeau; il tenait à la main une guirlande de fleurs, dont il entourait nos bustes. Je le regardai long-tems, je cherchai inutilement à en deviner le sens, et ce n'est que de ce moment que j'ai pu le comprendre. Il ne me restait plus qu'un seul tableau à examiner de cette collection si intéressante et si singuliere, il était placé au-dessus du trumeau, c'était un ange avec les traits de Ferdina, un billet y était attaché, adressé à *Ferdinand Rosenbach*. Je le pris, je le lus ; le voici, mon frere ; et je touche à la fin de cette histoire, dont le souvenir et le récit, m'affecte plus que je ne le devrais, mais l'attendrissement que je vois dans tes yeux excuse le mien. Tiens lis le billet d'Antonie.

Le capitaine le prit, s'essuya les yeux et lut.

„ Ferdinand, rends-tu justice enfin „ à Antonie ? Es-tu convaincu qu'elle „ n'a jamais aimé que toi ; qu'elle „ t'aimera tant qu'un souffle de vie „ animera son cœur ? La certitude de „ ta mort ne l'eût pas même engagée à „ donner à un autre ce cœur qui fut „ à toi du premier instant où je te „ vis. Mais toi ! .... je t'excuse..... tu es „ un homme, et les hommes ne savent « pas aimer ; ils sont tous égoïstes, « inconstans, injustes, perfides ou « tyrans, et malgré les longs ennuis « d'une passion combattue, jamais je

« n'ai regretté un seul instant d'avoir
« échappé à leur empire. Je t'adore,
« et je te fuirais encore au bout du
« monde. Si tu reviens, si tu fais la
« moindre tentative pour me voir, tu
« me forces à recommencer ma vie
« fugitive, à me priver du seul bon-
« heur dont je puis jouïr encore, celui
« de vivre au milieu de mes souvenirs,
« près des restes de ma fille : emporte
« son portrait, il t'appartient, je l'ai
« fait pour toi si tu venais le chercher,
« si tu te rappellais que tu avais été
« pere! Ne l'oublie jamais, c'est tout
« ce qui doit rester de notre liaison.
« Pour prix de ce présent, de cette
« journée, de mon amour, jure-moi
« que tu ne chercheras plus à me voir,
« ni à m'écrire. Si mes vœux sont
« exaucés, si je meurs avant toi, tu
« en recevras la récompense.

« Adieu! Ferdinand, retourne au-
« près de ta compagne, rends-la heu-

« reuse puisqu'elle peut l'être sous le
« joug de l'hymen, et de l'hymen sans
« amour, car ne t'abuse pas, ton cœur
« d'homme n'a jamais aimé que ton

« ANTONIE.

Mon frere, j'ai fini, je pris le portrait de ma fille sous la forme d'un ange ; j'écrivis avec un crayon „ je „ jure par les manes de ma chere Fer„ dina, de ne jamais revoir sa cruelle „ mere, celle qui m'enleva mon en„ fant ". J'attachai ce papier au bas du grand portrait de ma fille. Dans les premieres années de mon mariage, j'avais perdu je ne sais comment le portrait en mignature d'Antonie ; je le portais toujours sur mon cœur, je le détachai alors, et le mis dans un tiroir, et soit qu'on me l'eut volé, soit qu'il se fut égaré, il avait disparu. Je l'avais souvent regretté, et j'eus un instant le desir de le remplacer en emportant un des tableaux où elle était représentée, mais ils étaient très-grands; c'était un vol difficile, et j'en perdis la fantaisie lorsque j'eus lus son étrange billet. Quand j'eus en ma puissance le portrait de ma fille il me suffisait. Je m'éloignai indigné de cet orgueil que rien ne pouvait vaincre, et touché cependant de ce que je venais de voir; en vérité, mon frere, j'étais combattu, tourmenté, par des sentimens si opposés, si violents, que je fus bien aise qu'un ordre positif d'Antonie m'éloignât d'elle à jamais; ce caractère altier et presque dénaturé me révoltait; j'avais alors quarante-trois ans, la fougue de mes sens était bien calmée, cependant je sentais aussi que si je voulais être vertueux je ne devais pas revoir Antonie. Ma femme si douce, si bonne, si dévouée à son mari, à ses devoirs, ne devait pas être abandonnée pour une insensée qui n'avait rien de son sexe que la beauté passagère. Ma fille

fille n'existait plus; et la mere barbare qui m'en avait privé, qui me laissa seul dans la douleur, qui m'a fait pleurer sa mort prétendue, qui ne veut pas me revoir, m'a-t-elle véritablement aimé? non, son amour était dans sa tête et non pas dans son cœur.... Peu-à-peu le prestige de cette maison, de ces tableaux, de ces souvenirs de ma jeunesse se dissipa; ce que j'avais éprouvé au tombeau de ma fille et devant son portrait fut tout ce qui me resta de cette étonnante journée, tout le reste me parut un songe. Je brûlais de retrouver le vieux domestique, j'étais décidé à lui dire, „ je suis le pere de Ferdina, vous la regrettez vous êtes mon ami, parlez-moi d'elle, racontez-moi son enfance et sa mort, hélas si rapprochées l'une de l'autre". Mais cette consolation me fut refusée, je parcourus envain la maison, le jardin, le bosquet, je n'y trouvai personne qu'un jardinier français qui ne savait pas un mot d'allemand, et ne me comprit pas. Une femme assise sur un banc dans la cour allaitait un bel enfant d'une année; je compris que c'était sa femme parce qu'il vint leur faire une caresse.... Le croiras-tu, mon frere, ce tableau déchira mon cœur; j'ai été pere aussi, m'écriai-je avec fureur, et jamais je n'ai pu caresser mon enfant! Je donnai un baiser à celui là, un écu à la mere, et je m'éloignai la rage et le désespoir dans l'ame. De retour à l'auberge, je pris la cassette qui renfermait l'argent provenant de la campagne et des effets d'Antonie, que j'avais apportée exprès pour le cas où je retrouverais mon enfant; je la lui renvoyai par un homme sûr au moment où je remontais en voiture pour revenir chez moi; je lui écrivis un mot d'éternel adieu; et depuis quinze ans je n'avais plus entendu parler d'elle, lorsque cette lettre........ Mon frere, j'ai beaucoup souffert en te racontant l'histoire des erreurs de ma jeunesse, mais ce que cette lettre m'apprend efface toutes mes peines. Il est donc vrai qu'un rejeton de mes premieres, de mes uniques amours, vient encore couronner mes cheveux blancs..... Ce génie qui sortait du tombeau de Ferdina et qui nous entourait de fleurs, c'était sa fille! cet enfant que je caressais sur les bras de la femme du jardinier, c'était le mien! c'était l'enfant de ma Ferdina! et la cruelle Antonie a pu me le cacher si longtems.... Antonie, je te pardonne, dit-il en élevant les yeux et les mains au ciel, juge si je t'ai aimé. Il prit sur le bureau la lettre qu'il avait reçue, la remit à son frere et sortit. Le capitaine la tint quelque tems sans l'ouvrir. — Oui, dit-il en secouant la tête, cette femme était égoiste et cruelle; elle ne méritait pas le cœur de mon frere..... Enfin il s'approcha de la fenêtre, et lut ce qui suit :

« C'est sur le bord du tombeau, mon « unique ami, que je reviens à toi, à « toi que je n'ai pas cessé d'aimer, « et que je n'ai pas su rendre heu- « reux ; je le sens à présent que tou- « tes les illusions s'effacent, et vont « finir pour moi. Un faux systême « m'a constamment égarée, et mon « détestable orgueil nous a perdus. Je « l'avais trouvé celui que ma mere « m'avait permis d'aimer, celui qui « m'aimait pour moi seule, qui m'a- « vait fait tous les sacrifices, et je n'ai « pas su me l'attacher pour la vie ! je « n'ai pas su lui pardonner un instant de « jalousie et d'injustice. Ah! Ferdinand, « pourquoi, pourquoi ne m'as-tu pas « retenue dans tes bras sur la roue « de la vie ? nous étions au plus haut « point du bonheur. Un instant tu t'es

« éloigné de moi et je suis tombée
« seule sur la terre, loin de celui que
« je n'aurais jamais dû quitter; et j'ai
« persisté dans mon erreur; j'en gé-
« missais déja il y a quinze ans quand
« je t'ai retrouvé.... mais tu n'étais plus
« libre alors, et je t'aimais trop encore
« pour oser te revoir.... Ce qu'il m'en
« coûta pour t'éloigner à jamais doit
« peut-être expier mes torts.... Mais
« que fais-je? à peine ma main et mes
« yeux appesantis peuvent-ils te tracer
« mes derniers vœux et je perds en
« reproches, en aveux inutiles, le peu
« de momens que le ciel accorde à
« mon répentir. — Ecoute, Ferdinand,
« je t'ai promis que tu retrouverais un
« jour Antonie et ta fille, et je vais
« te les rendre. Notre amour, notre
« lien, notre bonheur ne sont pas en-
« sevelis dans ma tombe, dans celle
« de notre fille. Pauvre Ferdina! elle
« va revivre pour toi; mais apprends

« en peu de mots sa déplorable his-« toire. L'amour lui donna la naissance, « l'amour a causé sa mort. Telle est, « mon ami, l'affreuse suite des unions « illégitimes ; quand on n'est pas épou-« se, on n'ose pas être mere. J'élevai « ma fille, mais comme un enfant « étranger, confié à mes soins ; « elle ignora mes droits sur elle et « se crut maîtresse de disposer d'elle-« même. L'amitié, la reconnaissance, « ne furent pas des liens assez forts « contre l'amour ; à quinze ans elle « donna son cœur et sa main à mon « insçu et partit avec son époux. Long-« tems j'ignorai son sort, et je fus bien « malheureuse ; hélas ! elle l'était plus « encore. Dans cet âge où l'on ne sait « pas choisir, où la raison n'est jamais « consultée, elle avait lié son existence « à celle d'un jeune homme, beau, sé-« duisant, mais vicieux, et joueur déter-« miné ; il associa notre enfant à toutes

« les vicissitudes, à toutes les miseres, « suites de cette funeste passion. Enfin « après une séance où il perdit beaucoup « plus qu'il ne possédait, il se brûla la « cervelle, et laissa sa jeune épouse, âgée « de dix-sept ans, enceinte, et sans « aucun secours. L'infortunée se rap- « pella trop tard l'amie qu'elle avait « abandonnée, elle connaissait ma ten- « dresse, elle osa compter sur ma pitié. « Après deux ans d'absence, je la vis « entrer et tomber à mes pieds; victi- « me de l'amour et des fautes de sa me- « re, presque encore dans l'enfance et « déja veuve et près d'être mere à son « tour, pauvre Ferdina, qu'elle était « touchante! Heureuse de la retrou- « ver je ne lui fis aucun reproche, je « la serrai dans mes bras, sur mon « cœur; je l'appellai mon amie; j'es- « pérais la rendre au bonheur; mais « je devais être punie, et punie par « l'amour!.... L'infortunée aimait en-

» core son coupable époux, elle dépé-
» rissait comme une fleur séparée de sa
» tige et quelques mois après son arrivée
» elle expira en donnant le jour à une
» fille..... Tu l'as vue cet enfant sur les
» genoux de sa nourrice ; tu lui fis une
» caresse ; ton cœur te disait-il qu'elle
» t'appartenait? Et moi qui ne tenait plus
» à la vie que par cet enfant chéri, je
» tremblais à la seule idée de m'en
» séparer ; tu l'aurais voulue, tu me
» l'aurais enlevée et je le méritais sans
» doute ; mais je n'ai pu m'y soumet-
» tre et j'ai gardé ce précieux trésor.
» Hélas ! il le faut bien à présent, il
» faut l'abandonner, le sort l'ordonne,
» je vais la quitter pour jamais, et
» je te la rends. Elle s'appelle Anto-
» nie comme cette malheureuse que
» tu as tant aimée, puisse ce nom
» parler encore à ton cœur ! Elle partira
» demain avant que j'expire, avant que
» mes yeux soient fermés par la mort.

„ Je ne lui ai rien dit, elle ignore qui „ elle est, chez qui elle va ; tu seras „ le maître de son sort, tu seras pour „ elle ce que tu voudras ; mais ne l'a- „ bandonne pas, elle n'a que toi seul „ au monde. Je vois, je sens à pré- „ sent toute l'étendue de mes torts, „ je n'ai pas su être mère, je ne puis „ rien laisser à mon enfant inconnu, „ rien que le cœur de son grand pere ; „ mais c'est assez, je le connais ce „ cœur, il ne rejettera pas son enfant.

---

„ Je n'ai pu y tenir plus longtems, „ je viens d'embrasser pour la derniere „ fois ma chere Antonie ; je lui ai dit „ que sa mere était ma fille, je l'ai „ serrée sur mon cœur qui va bientôt „ cesser de battre pour elle et pour „ toi. J'ai détaché ton portrait qui n'a „ jamais quitté ce cœur depuis le jour „ où tu le plaças toi-même, elle te le „ portera ; jeudi, quatre jours après

« cette lettre, elle arrivera chez toi;
« sa nourrice l'accompagne jusqu'à la
« ville où tu demeures. Puissent tou-
« tes les bénédictions reposer sur elle
« et sur toi.

---

« Elle est partie, je suis seule, seule
« au monde; je vais mourir en paix,
« j'ai eu encore un moment de bon-
« heur. Ma Ferdina, je vais te rejoin-
« dre dans le tombeau, et ta fille va
« vivre auprès de ce bon pere que tu
« aimais sans le connaître. Adieu, Fer-
« dinand, c'est bien à présent que je
« puis te dire adieu pour jamais. Bénis
« ton Antonie, aime celle que mon
« esprit remet dans tes bras. Adieu,
« adieu! toi que j'ai tant aimé.

« La seule chose dont je puis dis-
« poser, ce sont mes tableaux, ils
« sont à toi, tu les recevras dans peu,
« le reste de mes biens ne m'appar-

„ tient pas. Ce que tu m'as renvoyé
„ fut un bienfait ; j'en ai payé les dettes
„ du mari de Ferdina, du pere d'An-
„ tonie. Personne n'aura le droit de
„ lui reprocher sa naissance, elle est
„ légitime, mais non pas avouée, et
„ jamais elle n'a porté que le nom
„ de sa mere, Antonie Rosenbach,
„ ce nom qui devait être le mien, que
„ je portais dans mon cœur.... Ferdi-
„ nand, ouvre le tien à notre enfant,
„ *notre enfant*, j'ai pu tracer ce mot,
„ et je meurs contente.

---

## CHAPITRE XVIII.

Le capitaine tenait encore la lettre, et des larmes coulaient sur ses joues, quand le trésorier rentra dans la chambre ; cher frere, lui dit-il, que je te sais gré de ton attendrissement, des pleurs que tu verses sur la tombe d'une femme malheureuse, qui n'a trouvé que là le repos. Pauvre Antonie ! chère Antonie ! que tu as payé cher quelques instans de bonheur, et combien ta mere t'a fait de mal ! J'aime à croire, qu'instruite par ton expérience, tu as donné d'autres principes, une autre éducation à ta petite fille, que celle qui fit ton malheur. Mais je t'avoue, mon cher frere, que je ne laisse pas d'être très-embarrassé, et je te demande tes sages conseils..... J'ai une digne, une excellente femme, avec qui j'ai été plus heureux, je te le répéte encore, que je ne l'aurais été avec Antonie ; mais elle ignore toute cette histoire, je la croyais finie à jamais, et j'ai toujours craint de vous en parler, j'ai craint de ne pouvoir vaincre mon émotion, et qu'elle ne fut mal interprêtée. Ma femme si calme, si sage, si loin de l'âge des passions, comprendra-t-elle, excusera-t-elle la nôtre ?.... et cette lettre..... mon frère..... Cette lettre que je dois cependant lui montrer, comment la prendra-t-elle ?

— *Henri.* Tu as raison, mon frere, ta femme est excellente, c'est une femme comme celle dont parle Salomon.

— *Ferdinand.* Oui sans doute, mais quand elle saura que j'en aimais si passionnément une autre, et qu'un enfant..... la meilleure des femmes apprend toujours ces choses là avec peine. Ne le pense-tu pas mon frere ?

— *Henri.* Une femme qui t'aime à la vie et à la mort, qui veut tout ce que tu veux, et qui prend toutes tes singularités pour des vertus !

— *Ferdinand.* Mais mon frere, je sais déja tout cela, tu me dis des choses qui ne vont point à la question.

— *Henri* Que veux-tu, mon ami, que je te dise ?

— *Ferdinand.* Antonie, ma petite fille va arriver, que dira ma femme ? Comment la recevra-t-elle ? mon frere, j'y suis décidé, je veux moi recevoir cet enfant comme un pere, comme un bon pere ; je le veux et je le dois. L'enfant de ma chere Ferdina, le legs de ma pauvre Antonie, mon sang, ma petite fille ! Bon Dieu pourrais je la rejetter ? mais.....

— *Henri.* Non, mon frere, non sûrement. Ecoute, dis à ta femme qu'elle est à moi, qu'elle est ma fille ; je veux aussi avoir pour elle un cœur de pere. Ne sais-je pas par mon expérience, que même la meilleure des femmes ne pardonne pas ces choses là à l'homme qu'elle aime.

— *Ferdinand.* Non, mon frere, non jamais ; mentir à ma femme, abandonner mon enfant à un autre ! oserais-je après cela regarder le portrait de Ferdina, de cet ange ? Ma femme est si raisonnable, vois comme elle a reçu notre Wilhelm. Comme il disoit ces mots, la porte s'ouvrit, et Mad. Rosenbach entra, tenant par la main une belle jeune fille de quinze ans. Voilà, dit-elle avec le regard et le ton de la bienveillance, une demoiselle qui demande à te parler. Ferdinand rougit, baissa ses yeux qui se remplissaient de larmes, et resta immobile comme une statue, pendant une ou deux minutes. Mais prenant tout-à-coup son parti et ne pouvant résister à la voix toute puissante de la nature, il courut à la jeune fille, la serra dans ses bras tremblans en lui disant : viens mon Antonie, mon enfant, sois bénie du ciel et de ton pere ! oui je suis ton pere, je veux l'être ; sois la bien venue sous le toît paternel, tu es ma fille, mon ange, mon Antonie. Et il la pressait contre son cœur en la couvrant de baisers.

Le bon capitaine pleurait, essuyait ses yeux, serrait une main de son frere, donnait à Antonie de petits coups sur la joue, embrassait sa belle sœur, qui avec de grands yeux ouvers, regardait, écoutait, et ne comprenait rien à ce qui se passait : le nom d'Antonie la frappait péniblement. Le trésorier amena la jeune fille auprès d'elle ; mon enfant, lui dit-il, voilà ta mere. Antonie se mit à genoux et voulut baiser la main de Mad. Rosenbach, mais elle la retira assez vivement en disant ; Antonie!.... Oui je connais ce nom, oui je sais..... grand Dieu serait-il possible?..... Ah! Ferdinand, tu m'as cruellement trompée ! Et elle sortit de la chambre. Tu le vois, mon frere, dit Ferdinand, toutes les femmes se ressemblent.

Le capitaine secoua la tête et soupira ; la pauvre petite pleura amèrement.

Mad. Rosenbach rentra bientôt; elle tenait un portrait à la main ; elle le regarda avec attention, et ensuite la jeune fille. Mon Dieu ! s'écria-t-elle ;

quelle ressemblance, quelle étonnante ressemblance ! c'est donc une fille de ton Antonie, et qui n'a que quinze ans. Ah ! Ferdinand, est-ce donc là cette fidélité que tu m'avais promise. Elle s'assit et pleura. Ferdinand s'assit à côté d'elle et prit une de ses mains non, ma chere amie, dit-il, tu te trompes, non ce n'est pas la fille de cette Antonie dont tu tiens le portrait, et que je n'ai pas revue depuis douze ans avant notre mariage ; cette chere enfant est sa petite fille et la mienne ; ne veux-tu pas la recevoir et l'aimer. Sa mere était ma fille..... elle s'appelait Ferdina.

Mad. Rosenbach ôta son mouchoir de dessus ses yeux, et regarda en souriant son mari, la jeune fille, et le portrait qu'elle tourna pour voir la date qui était derrière ; il y avait aussi écrit ce quatrain de la main de Ferdinand :

Image de mon Antonie ;
Gage d'amour et de bonheur
Je vais te poser sur mon cœur
Ne te quitter qu'avec ma vie.

Et pourtant tu l'as quitté, quitté pour moi, lui dit-elle en l'embrassant ; elle attira en même tems la pauvre petite Antonie sur ses genoux, et les serra tous deux ensemble sur son cœur.

C'est la première année de notre mariage, lui dit-elle ensuite, que je trouvai ce portrait dans un de tes tiroirs... je t'avoue que j'en fus inquiéte ; je le montrai à ta sœur, elle me dit que tu le lui avais fait voir une fois, en lui disant que c'était tes premières amours, que tu l'avais connue dans la Thuringe ; c'était bien loin, et je fus un peu rassurée ; je gardai le portrait et tu ne parus pas t'en inquiéter. Au moment où j'ai vu ce petit ange ses traits m'ont rappelé quelqu'un; tu l'as nommée ta fille, ton Antonie, je t'ai cru son pere..... Pardonne, mon ami, le premier mouvement pénible que je n'ai pas su réprimer en pensant que tu en aimais un autre quand tu m'as épousé, et qu'elle avait eu le bonheur que le ciel m'a refusé, celui de te rendre pere. A présent je n'ai qu'un seul reproche à te faire, c'est de ne m'avoir pas confié plutôt que tu l'étais, de n'avoir pas amené ta fille chez nous. Je l'ignorais moi-même, lui dit Ferdinand, ce n'est que de hier que j'ai su l'existence de cette chère enfant; et je n'ai su celle de sa mere qu'en apprenant sa mort. Je te conterai tout, lis cette lettre, et il lui donna celle d'Antonie... Elle la lut et versa des larmes; elle fit les plus tendres caresses à la jeune Antonie, elle l'appella son petit ange, sa chere fille, et lui promit une amitié de mere : elle lui fit ensuite beaucoup de questions sur son voyage, sur le lieu d'où elle venait, sur sa grand mere. La petite répondit à tout avec intelligence et naïveté, excepté sur le nom de famille de sa grand-mere qu'elle ne voulut jamais dire, parce qu'elle le lui avait defendu à son lit de mort. Elle dit que jusqu'à ce moment elle ne l'avait appelée que sa *marraine*, qu'elle l'élevait avec une grande tendresse, et qu'elle avait été au désespoir de la quitter au moment où elle apprenait qu'elle était sa petite fille. Elle pleura beaucoup quand le trésorier lui dit qu'elle n'était plus, et se jetta dans ses bras en sanglottant. Mad. Rosenbach sortit pour lui préparer une chambre, et la laissa seule avec les deux freres.

Le capitaine lui fit à son tour mille amitiés, et lui dit qu'il voulait être aussi son pere. La pauvre enfant essuya ses larmes, et les regarda tous deux avec un doux sourire, en leur tendant à chacun une main. Le trésorier la fixait avec ravissement. Tiens, dit-il à son frere, telle elle était quand je la vis pour la premiere fois ; c'est elle, c'est mon Antonie ; seulement elle était plus grande, elle avait quelque chose de plus imposant, plus de feu dans ses beaux yeux noirs, une expression plus vive, plus assurée dans sa noble figure.

Cela se peut, dit Henri, mais j'aime mieux pour mon goût, l'air de douceur, de modestie et de sensibilité de cette chere enfant.

Ils la firent asseoir entre eux, et Ferdinand, un bras passé autour d'elle, lui demanda des détails sur sa vie et son éducation ; il vit avec plaisir que sa grand-mere l'avait élevée avec beaucoup de tendresse et de sensibilité. Je voyais bien, dit la petite, à l'émotion qui l'animait quand elle me parlait de celui à qui elle voulait m'envoyer, qu'elle l'aimait beaucoup et que je devais l'aimer aussi ; et voici, dit-elle, en sortant de sa poche le portrait de Ferdinand, ce qu'elle détacha de son cou en me quittant, pour vous le remettre ; dis-lui, ajouta-t-elle, que je ne m'en suis séparée qu'avec la vie ; c'est lui qui l'attacha sur mon cœur, il l'attachera sur le tien, et comme moi tu ne le quitteras qu'à la mort. Le trésorier pleurait comme un enfant. Le capitaine prit le portrait et le pressa sur ses lèvres ; oui, dit-il en le regardant, oui c'est bien toi même ; c'est bien mon cher Ferdinand dans sa belle jeunesse ; c'est bien ce regard noble et fier, c'est bien cette figure de roi. Il le donna à son frere ; Antonie se mit à genoux devant lui en avançant son joli cou plus blanc que la neige, il y attacha le portrait, et lui donnant un baiser sur le front ; je le consacre à présent, dit il, à l'amour filial.

Wilhelm entra dans la chambre, il venait chercher Antonie de la part de sa mere. Ferdinand prit une de ses mains, et la mettant dans celle du jeune homme, il lui dit, voilà ta sœur; embrassez-vous. Tous les deux rougirent..... Le capitaine toussa, son frere le regarda, il n'en fallait pas davantage pour se deviner; je vois ce que tu pense, mon frere, dit Ferdinand..... pourquoi non? Tu as bien raison, j'y pensais aussi.

— C'est Dieu, mon frere, qui nous a donné cette pensée, dit le capitaine. C'est donc là ma sœur, dit Wilhelm? je suis bien aise d'avoir une sœur..... Oui..... ta sœur..... ou bien, elle n'est pas ta sœur.... comme le ciel en ordonnera. Allez mes enfans, allez vers votre mere; et ils sortirent ensemble.

Les deux freres les suivirent des yeux,

ensuite ils se regardèrent, puis ils sourirent..... Quel joli couple cela fera devant l'autel, dit enfin Ferdinand; j'espere encore, faire sauter mes arriere petits-enfans sur mes genoux. Combien nous avons de graces à rendre à la providence; je n'avais point d'enfans, et en voilà deux dont un roi serait fier; et avec ces deux là j'en aurai d'autres encore. Nous ne connaissons pas les vrais parens de Wilhelm, mais nous connaissons son cœur, et celui là est noble, noble comme le tien, mon frere; il sera mon petit fils, le mari de mon Antonie. N'est-ce pas, ma femme, dit-il à Mad. Rosenbach qui entrait, n'est-ce pas? nous les marierons ensemble ces chers enfans, nous venons de le décider. Conviens que nous sommes d'heureux parens, plus heureux que s'ils étaient tous deux à nous. Nous ne pourrions pas les marier ensemble, l'un s'en irait d'un côté, l'autre de tre de l'autre ; ceux ci resteront avec nous, et leurs enfans ; quelle suite de bonheur !

Tu vas bien vite en besogne, cher ami, lui dit-elle en riant, eux mêmes sont encore des enfans ; laisse venir les années et l'amour..... Au reste je ne demande pas mieux, et je te promets que rien ne manquera à la nôce.

---

## CHAPITRE XIX.

LORSQUE l'émotion que la mort de l'ancienne Antonie et l'arrivée de la nouvelle avaient causée fut un peu dissipée, tout reprit son train accoutumé dans la famille Rosenbach. Antonie en faisait partie ; le trésorier la présenta à toutes ses connaissances comme sa petite fille, et même au ministre Belman qui ne lui épargna, ni les sourires moqueurs, ni les sarcasmes, ni même les duretés sur cette étrange relation, et sur cette petite fille qui lui tombait des nues. Le capitaine redoutait la colère de son frere, et craignait qu'il ne s'en suivit une seconde brouillerie, mais Ferdinand prit tout en douceur, il ne se fâcha ni contre les propos du ministre ni contre ceux de toutes les comméres de la petite ville que Mad. Rosenbach lui rapportait avec grand soin; il faut être juste disait-il à son frere et à sa femme, mes voisins ont le droit de jaser sur nos enfans, tout comme nous avons celui de les garder, d'en faire notre bonheur et de les marier ensemble s'il plait à Dieu.

Wilhelm ne paraissait pas avoir beaucoup de disposition à réaliser le plan favori des deux freres; il aimait Antonie tout au plus comme une sœur, et point du tout comme l'entendaient ses parens: à peine voyait-il qu'elle était là quand ils étaient tous réunis dans les soirées, ses yeux étaient continuellement fixés sur la jolie Henriette, qui le regardait à son tour comme regarde une coquette, de maniere à l'enflammer toujours davantage; elle l'agaçait aussi par mille jolis petits propos, par l'étalage de son savoir et de ses graces. Et la timide Antonie toujours sérieuse, toujours rougissant dès qu'on lui adressait la parole, ne parlant jamais la premiere, ayant ordinairement ses beaux yeux baissés sur son ouvrage, ne paraissait pas trop à son avantage.

La pauvre enfant était loin de se trouver heureuse dans son nouveau domicile, et plus d'une fois le jour ses larmes coulaient en secret en pensant à son aimable et bonne grand-mere. Passé les premiers instans d'attendrissement, le trésorier était retombé dans ses singularités, ses dissertations, ses contradictions, ses sophismes et son goût pour la dispute; il inspirait plus de crainte que d'amitié à sa petite fille, et quelquefois elle ne pouvait pas comprendre comment il était si tendrement aimé de sa femme et de son frere; et comment il l'avait été si passionnément de la défunte Antonie. Elle était souvent témoin de disputes assez vives, dont elle était toute effrayée; il est vrai qu'elles finissaient toujours par une scène de sentiment; mais au moment où l'on était le plus attendri, Ferdinand arrivait avec une plaisanterie bonne ou mauvaise, qui glaçait tout le monde, et désolait la bonne petite; elle ne se doutait pas que c'était lorsqu'il était lui-même le plus touché qu'il plaisantait ainsi pour cacher l'excès de sa sensibilité.

Mad. Rosenbach se conduisait avec elle comme une bonne mere, l'aimait, en avait grand soin; mais c'était tout,

Antonie ne trouvait pas avec elle les ressources d'esprit et de talens auxquelles sa grand-mere l'avait accoutumée. Quand elle la voyait lire ou dessiner, elle lui disait; tout cela est beau et bon, ma fille, mais à quoi cela sert-il? C'est du tems perdu. Pourvu qu'une femme sache écrire ses comptes de ménage, lire la bible, coudre, tricoter et filer, elle en sait assez pour son bonheur et celui de ses enfans. Je savais aussi toutes ces inutilités dans ma jeunesse, graces au ciel, j'ai tout oublié; mon ménage n'en va pas plus mal, mon mari n'en est pas plus malheureux.

Non, ma chére amie, disait Ferdinand, mais on peut tout accorder. Tu méprises l'esprit et les talens parceque tu les tiens de la nature; tu es fière de ton habileté et de ton économie, parce que tu t'es donnée de la peine pour les acquérir, et que c'est ton ouvrage : et que c'est le seul talent utile aux femmes, disait-elle. Antonie soupirait et pensait à sa maraine, elle posait son livre ou son pinceau et allait aider sa grand-mere adoptive dans les soins du ménage. Cet enfant est trop docile, disait le trésorier au capitaine en la voyant aller ; elle est bonne, douce et belle comme un ange ; elle ressemble à mon Antonie, mais elle n'a pas son énergie.

Tant mieux, mon frere, répondait le capitaine ; elle rendra notre Wilhelm plus heureux ; quant à moi je la trouve parfaite. En effet, il admirait Antonie toute la journée, mais il l'admirait en silence, et en suivant des yeux tous ses mouvemens ; ses regards toujours fixés sur elle, les signes qu'il faisait à son frere, embarrassaient beaucoup la pauvre petite ; elle croyait qu'il l'observait et qu'il était mécontent, parce qu'il ne disait rien ; et elle redoutait cet excellent homme, presque autant que son grand-pere. Wilhelm lui plaisait encore moins que tous les autres : dans les commencemens elle le crut presque imbécille ; il ne pouvait s'accoutumer à cette sœur de quinze ans, il en était intimidé, et faisait et disait tout de travers devant elle. Quand il fut plus familiarisé, elle le trouva au contraire trop tranchant, trop instruit pour son âge, trop fier de ce qu'il savait, trop peu respectueux avec ses parens, devant qui il disait tout ce qui lui venait dans l'esprit. Quelque tems après il lui parut trop enfant, trop étourdi, trop bruyant, et si peu prévenant pour elle, qu'elle desespéra même d'en faire un ami...... C'était tout simple ; il était amoureux d'Henriette, et trouvait très-dur qu'un tiers fut entr'elle et lui lorsqu'ils étaient réunis. Les premiers jours Henriette fit mille prévenances à Antonie, lui dit et lui montra tout ce qu'elle savait, lui offrit même de lui apprendre bien des choses. Antonie rougit, remercia, admira les talens de son amie, mais ne put pas toujours lui cacher les siens; instruite par sa grand-mere elle en savait bien plus qu'Henriette, et celle-ci craignant la comparaison s'éloigna d'elle insensiblement et la traita avec une froideur dont Antonie prit son parti. Le caractere d'Henriette, cette sensibilité factice, cette vanité toujours en jeu, ce desir effrené de briller, de faire effet, ne pouvait plaire à la douce et modeste Antonie.

Personne donc ne lui convenait dans le séjour qu'elle habitait; hélas! non personne, et c'était un malheur de son éducation. Sa grand-mere voulant éviter à la fois pour elle, et les écueils de son caractere orgueilleux, et ceux du cœur trop tendre de Ferdina, lui donna une espèce d'exaltation sur la vertu, sur l'amour, sur le vrai beau qui devait la rendre très-difficile ; mon enfant, lui disait-elle, la vraie destination des femmes est d'être épouse et mere ; mais le choix d'où dépend le bonheur de leur vie ne doit pas être fait légèrement. La nature a sans doute donné des droits aux femmes ; mais la société leur a imposé des devoirs sévères, et malheur à la femme qui ne sait pas les respecter et s'y soumettre ! J'en ai fait une triste expérience ; mon éducation, un faux système d'orgueil, m'ont égarée ; je n'ai vu que les droits de mon sexe, j'ai méconnu ses devoirs et les lois de la société ; j'ai voulu être plus qu'une femme ordinaire, et n'ai été qu'une femme malheureuse.... Elle lui raconta alors quelques fragmens de sa vie qui firent une grande impression sur la jeune personne ; elle sentait que son cœur était fait pour aimer ; mais elle ne voulait pas le donner légèrement ; et d'après ce qu'elle entendait dire, et ce qu'elle voyait des hommes, aucun ne lui paraissait mériter d'être aimé comme elle voulait aimer. Elle cherchait à étudier les caractères de ceux qu'elle voyait ; elle réfléchissait beaucoup, et cette manière lui donnait un air froid et réservé qu'on prenait pour de l'indifférence. Wilhelm était convaincu qu'elle ne sentait rien du tout. Conviens, lui dit un jour le capitaine, qu'Antonie est belle comme un ange.

Peut-être, répondit le jeune homme ; mais c'est une belle pièce de glace. Ce bon capitaine perdait ses peines à vouloir enflammer ces deux jeunes gens l'un pour l'autre ; il inventait tous les jours mille petites ruses pour les rapprocher ; tantôt c'était une promenade qu'il voulait faire avec eux ; lorsqu'ils étaient un peu éloignés il prétextait de la fatigue, s'asseyait au pied d'un arbre et leur disait ; allez toujours, mes enfans, vous me reprendrez ici; il les voyait aller et revenir bientôt aux deux côtés du chemin, ou l'un derriere l'autre, sans se parler, si ce n'est des choses les plus indifférentes. D'autres fois, lorsqu'il voyait Antonie occupée à quelque opération du ménage, il disait à Wilhelm, vas, mon fils, aider à ta sœur. Il y allait lentement, sans plaisir; et faisait mal pour être plutôt libre de la quitter.

Tu n'en viendras jamais à bout de cette maniere, dit un jour Ferdinand à son frere, tu n'y entends rien; lorsque tu veux que Wilhelm aide Antonie, choisis des occupations qui mettent ses charmes sous le jour le plus favorable; elle a, par exemple, la main très-belle, et le bras bien fait; fais tenir à Wilhelm les écheveaux qu'elle dévide. Une jolie main blanche, un beau bras bien rond qui se promenent sous les yeux d'un jeune homme, voilà ce qui doit enfin le rendre amoureux nécessairement. Tu ne feras rien, mon frere, si tu n'éveilles pas le desir.

— *Henri.* Mais il ne faut pas qu'il la désire, il faut qu'il l'aime.

— *Ferdinand.* Mon frere, l'un ne va guère sans l'autre, le desir éveille l'amour, comme l'amour éveille le désir.

— *Henri.* Cela se peut, mais ce jeu est trop dangereux, je n'en veux pas courir le risque, et je ne veux plus m'en mêler.

En effet il se tint plus tranquille et se contenta de faire de tems en tems l'éloge de Wilhelm à Antonie. Je sais bien, pensait-il, que ce n'est pas à la femme à aimer la premiere; mais si cette belle et douce Antonie aime une fois, elle sera bien sûrement aimée. Il la mena au monument de la Comtesse Elisabeth, il lui raconta cette histoire, et quelle profonde impression elle avait faite sur Wilhelm; ce jeune homme, dit-il, saurait aussi aimer, se taire et mourir. Antonie l'écouta avec attention, et commença à trouver son frere plus intéressant et plus aimable. Elle se fit alors raconter par sa mere plusieurs choses de l'enfance de Wilhelm, et chaque jour elle s'attachait davantage à lui; sans s'en appercevoir elle-même, elle devint plus prévenante, plus amicale pour lui. L'amitié attire l'amitié, Wilhelm lui en témoigna aussi davantage en la connaissant mieux, et leur attachement devint vraiment fraternel. — Il y a toute apparence que longtems encore au moins l'innocente Antonie aurait cru ne l'aimer que comme un frere, mais elle remarqua bientôt les projets de la famille, et ne put s'empêcher de l'envisager alors sous un autre point de vue; lorsqu'elle faisait son éloge, le bon capitaine ne pouvait cacher le plaisir qu'il en éprouvait, il la regardait plus tendrement, et il faisait des signes à son frere. Mad. Rosenbach laissa plusieurs fois échapper devant elle des propos qui tendaient là. Le trésorier ne disait rien précisément, mais ne laissait passer aucune occasion de faire valoir Wilhelm souvent avec l'air de le critiquer ; il lui faisait des plaisanteries sur son cher Hossein et sur ses douze imans, qui faisaient souffrir Antonie, parce qu'elles embarrassaient Wilhelm, et le faisaient même sortir de la chambre.

— Ce n'est pas tout-à-fait sa faute, disait alors le trésorier, s'il est un fou d'enthousiaste qui se passionne encore pour les miracles d'héroïsme et de vertu comme il se passionnait autre fois pour ceux de l'alcoran : imagine, Antonie, que sa mere que voilà l'avait rendu mahométan. A présent il aura de toutes les religions ce qui éleve l'ame, et remplit le cœur de sentimens exaltés ; ainsi que les héros payens il mépriserait la vie, et la rejetterait loin de lui comme rien, plutôt que de faire une mauvaise action; comme un héros chrétien, il saurait mourir martyr de son opinion; avec les moraves il aurait une vue intérieure et un amour céleste dégagé des sens, avec les anabatistes il consacrerait sa vie à la vertu : enfin c'est un jeune enthousiaste, il est vrai, mais capable de tout ce qui est grand et noble. Wilhelm rentrait, Ferdinand l'accablait d'amitiés, et Antonie pensait, comme je l'ai mal connu! Combien il est digne d'être aimé! Et son cœur palpitait en pensant qu'elle lui était destinée pour compagne; il faut, se disait-elle, que j'étudie mieux son caractere pour y conformer le mien; et plus elle l'étudiait, plus elle trouvait de sujets de l'admirer et de l'aimer. Elle vit que Wilhelm avec toutes les graces, tout le feu de la jeunesse, avait déja les vertus que l'on n'acquiert que par l'expérience ; elle vit que son noble enthousiasme n'était pas seulement dans sa tête, mais dans son cœur brûlant de l'amour de l'humanité ; elle vit enfin que ce jeune homme était un homme dans le sens le plus noble de ce mot, et le résultat de son étude fut de s'attacher à lui de toute la force de son jeune et sensible cœur, mais d'un amour aussi pur que celui des anges, qui ne tenait en rien aux sens, et dont le but était sa propre perfection, pour assurer un jour le bonheur de son cher Wilhelm. Il est tout simple que ce sentiment la disposât favorablement pour toute la famille qui lui avait préparé ce bonheur, et à laquelle elle devait se lier doublement. Elle les étudia aussi et ne tarda pas à trouver sous l'écorce un peu dure du caractère de Ferdinand, un cœur grand et généreux, capable des plus belles actions, sachant aimer avec énergie, remplissant tous ses devoirs, digne enfin d'avoir été l'ami de la défunte Antonie. Elle lui fit réparation en elle-même, et s'attacha à lui sincèrement, mais sans oser cependant y joindre la confiance; elle craignait trop encore ses mauvaises plaisanteries. Le bon capitaine lui parut enfin ce qu'il était réellement, le plus excellent des hommes, un de ces êtres privilégiés dont la haine ni aucune passion trop violente ne trouble jamais le calme intérieur, rempli de bienveillance et d'indulgence pour ses semblables, ainsi que d'amour pour son créateur, et qui peuvent donner l'idée de l'état de notre ame lorsque dégagée des sens elle habitera un meilleur monde. Antonie l'aima comme un bon et tendre pere, dont elle était elle-même chérie.

Mad. Rosenbach aussi devint pour elle un sujet d'admiration par l'ordre qu'elle mettait dans sa maison, sans avarice, sans humeur, sans que personne en souffrit ; et sur tout par la docilité avec laquelle elle se pliait à toutes les volontés, à toutes les singularités de son mari, dont le moindre mot était pour elle comme un oracle. Elle se promit aussi de l'imiter et redoubla de soins pour lui plaire par son assiduité.

Personne dans la maison ne s'appercut de ce qui se passait dans le cœur de la jeune fille ; comme elle devint plus amicale pour tout le monde, son changement avec Wilhelm fut moins remarqué ; sa douce rougeur, le feu qui brillait quelquefois dans ses yeux, fut attribué à la bonne santé et au bonheur dont elle jouissait. Wilhelm qui aurait pu s'appercevoir d'un redoublement d'émotion quand il était seul avec elle, était trop occupé d'autres choses et de ses propres sentimens, pour y faire attention. Dans le vrai, Antonie elle-même ignorait la nature des siens, elle croyait l'amour une passion tumultueuse et son cœur était si doucement agité et si content ! c'est que l'amour naissant, l'amour pur, se contente de la bienveillance et de la confiance ; et que Wilhelm paraissait les lui accorder en entier. Mais plus ils étaient ensemble sur un ton paisible d'amitié fraternelle, plus les freres désespéraient de les voir jamais s'aimer autrement ; le bon Henri secouait la tête d'un air découragé ; d'après son propre cœur, son amour pour tous les hommes, et surtout pour son frere, il lui paraissait impossible d'aimer encore davantage et de le cacher ; il ne savait pas qu'Antonie avait beaucoup de rapport avec lui, et pouvait aimer tendrement sans le témoigner.

Mon frere, disait-il à Ferdinand, cela n'ira jamais comme nous le desirons, nos jeunes gens resteront frere et sœur.

J'en suis faché, répondit-il, cette jeune fille commence à me plaire ; elle est si douce, si tranquille, et pourtant si soigneuse ; de sa vie Wilhelm n'aura une femme qui le rende aussi heureux, qui lui convienne aussi bien. Tu verras que l'Etna au lieu de chercher un glacier pour modérer ses feux, ira chercher le Vesuve : Dieu nous soit en aide quand l'explosion se fera !

— *Henri*. Mais mon frere, Antonie n'est point aussi froide que tu le crois ; c'est comme la neige des volcans qui couvre un feu intérieur. (Il était fier de suivre la métaphore de son frere, et ne croyait pas dire aussi vrai).

— *Ferdinand*. Eh bien! tant mieux, si elle n'aime pas Wilhelm, elle en aimera un autre. Il ne manquera pas de femmes, ni elle de maris.

— *Henri.* J'aurais mieux aimé qu'il en allât comme nous le pensions, mon frere, mais la volonté de Dieu soit faite.

---

## CHAPITRE XX.

Le capitaine avait été un jour fort longtems devant une fenêtre ouverte, où il avait paru plongé dans une profonde méditation. — Enfin il se retira, la ferma, et regardant son frere avec des yeux animés; je voudrais, lui dit-il, que tous les savans avant que d'écrire leurs systêmes, et leurs commentaires sur la nature de l'ame, et sur celle de l'instinct, se missent à leur fenêtre.

— *Ferdinand.* J'ai connu un aveugle de naissance qui s'était fait sur chaque objet qu'il ne voyait pas, un systême qu'il croyait la vérité même; il expliquait ainsi les couleurs, la perspective, aussi bien qu'un aveugle pouvait le faire. Un oculiste anglais lui rendit la vue ; je m'impatiente de savoir, disait-il avant l'opération, si je verrai quelque chose que je ne connaisse pas, dont je n'aie pas encore une idée nette et précise. Ses yeux s'ouvrirent, il vit la lumiere, et il fut émerveillé ; mon systême, dit-il, était fondé sur les lignes droites et sur les lignes brisées ; je croyais tout comprendre et tout expliquer par là, et je vois à présent que je n'avais nulle idée de la lumiere. Toutes les fois que j'entends des métaphysiciens raisonner à tort et à travers, se bâtir des systêmes qu'ils donnent hardiment pour la vérité, je pense à mon aveugle, et je me dis ; c'est la lumiere qui leur manque. Qu'as-tu donc vu de ta fenêtre ?

— *Henri.* Près de la fenêtre, sur une branche du tilleul de la cour, est un nid de fauvettes, tout plein de petits qui n'ont pas encore leurs plumes ; la mere était sur le bord du nid, elle leur donnait à manger tour-à-tour, et à chaque béchée elle tournait sa petite tête noire et ses yeux de mon côté pour s'assurer que je n'en voulais pas à son trésor. Au-dessus de ce spectacle d'amour maternel, une espèce de mouvement dans les feuilles a attiré mes regards ; c'était une airaignée ourdissant sa toile d'une branche à l'autre ; un millier de petites araignées pas plus grosses que des points, couraient sur la toile, augmentaient en nombre à chaque instant, et dès qu'elles étaient nées, elles travaillaient sous les yeux de leur mere, et à son exemple tout aussi vite et tout aussi bien qu'elle. Deux familles si différentes dans leur mœurs, leurs habitudes, leur instinct, et placées si près l'une de l'autre m'ont donné beaucoup à penser. Bientôt une nouvelle famille a fixé mon attention, c'était celle d'une poule au milieu de la cour, entourée de douze où quinze petits poussins qui couraient autour d'elle, et qu'elle ne perdait pas de vue; dès que le chien de la basse-cour s'approchait d'eux, elle allait au-devant de lui avec un noble courage, le forçait à s'éloigner, et revenait avec orgueil cacher tous ses petits sous son aîle, et chanter sa victoire. Bon Dieu! pensais-je, est-ce là seulement de l'instinct, ne serait-ce donc qu'un mouvement mécanique sans sentiment et sans vie? mon frere, je voudrais bien savoir ce que les savans appellent de l'instinct.

— *Ferdinand.* Le systême de mon aveugle, des lignes droites et des lignes brisées, mais la lumiere qui manque .....

— *Henri.* A quelques pas de là une blanchisseuse étendait son linge, une voisine tenait son enfant sur ses bras

pendant

pendant que la mere était occupée ; cette femme le lui a apporté, elle l'a pris, l'a baisé avec passion, et l'a remis tout de suite à son amie, mais avec l'expression du regret de ne pouvoir le garder ; elle le suivait tristement des *yeux*.

Antonie l'a remarqué comme moi, elle était dans la cour ; tout de suite elle s'est approchée et lui a dit de ce ton de bonté que tu connais : bonne femme reprennez votre enfant, j'étendrai votre linge. Elle s'est mise à l'ouvrage, et Wilhelm est venu lui aider. La blanchisseuse est allée à son enfant, ses yeux brillaient d'amour maternel ; les deux jeunes gens sont venus ensemble auprès de cette bonne mere, et regardaient ce touchant spectacle, moins émus cependant que je ne l'étais moi-même... Je voyais là nos chers enfans si bons, si beaux, si aimables, et mes idées prenaient un autre cours et s'éloignaient de la scène que j'avais sous les yeux.

— *Ferdinand.* Elles ne s'éloignaient pas beaucoup; tu pensais, j'en suis sûr, que tu voudrais voir Antonie comme la fauvette, la poule, et la bonne femme, entourée de sa famille, n'est-il pas vrai ? Eh bien ! mon frere, ce desir est aussi un instinct.

Ici commença entre les deux freres une conversation très-métaphysique sur l'amitié, l'amour, la fidélité ; Ferdinand suivant sa coutume avança des theses singulieres, et les soutint avec exagération. Antonie et Wilhelm rentrèrent dans la chambre au moment où il disait ; tu ne me nieras pas, mon frere, que si le meilleur des maris revenait au monde deux ans après sa mort, il n'embarrassât beaucoup sa femme, quelque bonne qu'elle eût été pour lui, et quand même ils se seraient beaucoup aimés; et tu conviendras qu'un tel amour ne mérite pas un nom plus tendre que celui d'instinct.

Le capitaine ne répondit rien, il se leva, et alla vers la fenêtre où leurs deux noms étaient gravés...... Ainsi donc, dit-il, quand je serai mort, tu.... son émotion l'empêcha de continuer.

C'est tout autre chose, mon cher Henri, dit Ferdinand aussi avec un ton ému, et en lui serrant la main.

Et crois-tu donc, lui dit le capitaine, que deux époux bien unis s'aiment moins que deux freres ?

— Je te dis que c'est tout autre chose, l'un est l'instinct de la nature, l'autre celui du hasard, des sens, et souvent de l'illusion. Tiens, par exemple, voilà deux jeunes gens, n'est-ce pas? Suppose un moment qu'ils se marient, et qu'ils s'aiment avec passion; l'un des deux meurt; l'autre se désole d'abord, puis il se console, parce qu'on se console toujours quand on ne meurt pas soi-même. Voilà donc le veuf, ou la veuve, consolé, il se remarie bien certainement, et si......

— Je ne me remarierais point, dirent en même tems les deux jeunes gens. — Peut-on survivre à ce qu'on aime, ajouta Wilhelm ? Antonie le pensa mais ne le dit pas.

— Tu l'entends, dit le capitaine d'un ton de triomphe.

— J'entends, reprit Ferdinand, que ces bons jeunes gens voudraient arranger le monde d'après leurs sentimens, comme les savans d'après leurs systêmes ; ils sont à présent de bonne foi, ils croyent ce qu'ils disent ; mais dans l'occasion ils seraient comme tous les autres hommes, conduits par l'instinct du moment.

Non, non, mon pere, vous vous trompez, dit Wilhelm avec un regard animé, et une voix tremblante ; ce que je dis je le ferai, j'en suis sûr ; mon cœur ne peut aimer qu'une fois.

Antonie le regarda avec surprise ; les yeux du jeune homme avaient une expression si vive, son accent était si passionné, qu'elle en fut troublée, et se hâta de quitter la chambre pour qu'on ne le remarquât pas ; ah ! dit-elle en soupirant, parlerait-il ainsi s'il n'aimait pas déja ?

Ici Antonie jeta un regard scrutateur dans son propre cœur ; elle y vit clairement que son amitié pour son frere adoptif, était l'amour le plus tendre ; un instant il s'y glissa l'espoir qu'il en avait aussi pour elle ; lorsque mon grand pere a dit, pensait-elle ; suppose que ces deux jeunes gens s'aiment passionnement ; Wilhelm n'avait-il pas répondu que si elle mourrait il ne se remarierait jamais ? N'avait-il pas ajouté ; je ne puis aimer qu'une fois, peut-on survivre à ce qu'on aime ?

Et quel feu animait son regard en disant cela ! Oui, mais ce regard enflammé ne s'était pas tourné sur elle ; mais dans leurs conversations particulieres il n'a jamais eu ni ce feu, ni cette expression. Ce n'était donc pas elle qu'il aimait, à qui il ne voulait pas survivre. Mais qui donc est l'objet de ce sentiment si profond ? Qui pourrait-ce être que la jolie, la séduisante Henriette. Elle se rappella tout-à-coup mille petites circonstances de leur manière d'être ensemble, s'étonna de ne les avoir pas remarquées plutôt et fût enfin convaincue que Wilhelm aimait Mlle. Belman, qu'il en était aimé, et qu'il n'attendait qu'une occasion favorable pour en faire l'aveu à ses parens. Chaque jour la confirma dans cette opinion et la rendit plus malheureuse ; elle souffrait à la fois le tourment d'une passion qui n'était pas partagée, celui plus affreux encore d'une jalousie dévorante.

Elle qui n'avait jamais connu la haine, haïssait Henriette ; et avec Wilhelm éprouvait une honte mêlée de dépit contre lui et de colere contre elle-même, qui est peut-être le plus pénible de tous les sentimens. Son cœur jusqu'alors si calme, si tranquille, ressemblait à une mer orageuse par les combats que s'y livraient toutes ces différentes passions. Sa grand-mere lui avait dit souvent: « Toutes les fois, mon enfant, qu'il s'élè- » vera dans ton cœur des sentimens ex- » traordinaires, tu dois chercher à en » connaître bien exactement la nature » et la source; tu ne dois pas te borner » à un léger examen; et lorsque tu » sentirais de la haine contre quelqu'un » par exemple, te dire seulement ; je le » hais parce qu'il est haïssable; la va- » nité et l'amour-propre, confondent » souvent l'objet et la cause de la haine. » Cherche avec soin au fond de ton » cœur la source de tous les sentimens

» amers que tu éprouveras, plutôt que
» dans les procédés des autres, tu
» verras que le plus souvent on se croit
» offensé parce qu'on est orgueilleux,
» ou parce qu'on éprouve un sentiment
» contrarié ; on cherche alors des motifs
» de haïr, et on les trouve bientôt
» quand on n'a pas le courage d'être
» juste et qu'on est égaré par son
» amour-propre.

La défunte Antonie avait écrit elle même et fait écrire à sa petite fille, dans un livre blanc, ces réflexions et d'autres du même genre, en lui faisant promettre de les lire souvent, et de ne les montrer à personne. Dans cette occasion Antonie prit son livre, non pour y chercher des conseils, mais pour échapper aux sentimens pénibles qui l'agitaient sans cesse ; tout en lisant elle songeait aux défauts d'Henriette, enfin elle arriva au passage qu'on vient de citer ; il convenait si bien à son état et à ses sentimens actuels, qu'il devait naturellement faire impression sur une jeune fille de son esprit et de son caractére.

Elle voulut obéïr à sa grand-mere, et procéda quoiqu'avec peine à l'examen de son cœur ; elle découvrit alors que dès les commencemens elle n'avait par pensé très-avantageusement d'Henriette, et cependant elle n'avait ressenti de la haine contre elle que depuis qu'elle s'était apperçue que Wilhelm l'aimait. Elle en éprouva de la honte mais non encore du répentir. Elle cessa son examen et ses larmes coulèrent ; son cœur oppressé en fut soulagé ; elle recommença de nouveau ses recherches, et elle trouva avec un redoublement de honte, que l'envie et la jalousie étaient les seules causes de sa haine.

Ma grand-mere a raison, dit-elle en se levant et fermant son livre ; qu'ils s'aiment à la bonne heure, je n'y veux plus penser. — Un moment après elle rouvrit le livre, et ses yeux s'arrêtèrent sur un morceau qui avait été souligné doublement par sa grand-mere, et le voici.

*Ce n'est pas assez de convenir avec soi-même que l'on est coupable, souvent on se fait cet aveu pour se dispenser de rechercher à quel degré on est coupable. Avouer une faute n'est pas s'en répentir, ni s'en corriger ; ce n'est ordinairement qu'exprimer le desir de l'oublier ou d'y persister ; mais un examen scrupuleux de la nature de sa faute et de ses vrais motifs, donne la force de n'y plus retomber, ou du moins de combattre ses mauvaises dispositions.*

Ces lignes firent une grande impression sur Antonie ; elle cacha son précieux livre, et quitta la chambre en disant ; je n'y veux plus penser. Pendant toute la journée les leçons de sa grand-mere, lui revinrent à l'esprit, et ses dispositions â l'égard d'Henriette en devinrent moins amères. Le soir dès qu'elle fut seule elle reprit son livre, elle voulait absolument se réconcilier avec l'ombre de sa chere grand-mere ; elle recommença donc à s'examiner soigneusement jusques dans les moindres replis de son cœur ; elle y découvrit encore, que même l'éloignement qu'elle avait éprouvé d'abord pour Henriette, n'avait été autre chose qu'une vanité déguisée, et un dépit secret de la trouver aussi aimable, aussi jolie, et douée de tant de moyens de plaire. Après cet examen de son cœur elle se coucha, versa quelques larmes moins cruelles que la veille, et s'endormit assez paisiblement.

Le matin en s'éveillant elle vit tout sous un autre jour que la veille ; il lui parut au moins incertain que Wilhelm et Henriette eussent de la passion l'un pour l'autre, et quoi qu'elle fit les même remarques, elles n'avaient plus les mêmes résultats : j'aurai donc, dit-elle, haï cette aimable Henriette pour une chimére, pour un rêve de mon imagination. Elle en éprouva une honte douloureuse, et se promit bien de réparer cette injustice. De tous les sentimens pénibles qu'elle avait eu la veille, de cet examen profond de son intérieur, il ne lui resta que la triste certitude qu'elle aimait Wilhelm de toute la force de son ame trop sensible. Elle descendit pour le déjeûner après avoir pris définitivement deux résolutions, l'une d'observer son frere avec un soin extrême, l'autre, bien plus difficile, de réduire son attachement pour lui à la seule affection fraternelle. Elle résolut aussi de réparer de tout son pouvoir le tort qu'elle croyait avoir fait à Henriette, en disant du bien d'elle dans toutes les occasions , et en la faisant valoir,fut-ce même à ses dépends.

Combien les illusions du cœur humain sont nombreuses et variées! Celle là du moins donna à la bonne Antonie un repos , une force , qui fut déjà la récompense de sa vertu. Elle souhaita le bonjour à Wilhelm du ton le plus simple et le plus amical , quoi qu'elle le trouvat disputant avec le trésorier qui soutenait que le ministre Belman n'entendait rien à l'éducation. Wilhelm prenait son parti avec vivacité. Antonie eut le courage de se joindre à lui , et de citer Henriette comme une preuve. Wilhelm se tut et la laissa dire. Alors elle s'anima , détailla tous les talens , toutes les qualités d'Henriette , et serait allée jusqu'à soutenir que c'était une fille accomplie, si Ferdinand n'avait pas dit ; « lorsqu'une femme en loue une autre , il faut , ou qu'elle soit bien sûre de son fait , ou qu'elle soit une hypocrite, ou qu'elle aie envie d'être contredite, ou qu'elle ait quelque tort à réparer..... Antonie se tut, et il ajoûta ; n'admire-tu pas, mon frere, comme j'entasse les supositions ? Tant il est vrai que l'homme est enclin à mettre tout en systême, car il est très-possible qu'il n'y ait ici aucun de ces motifs.

La dispute finit là ; Ferdinand avait disputé pour disputer, car d'ailleurs il n'avait aucune intention de dire du mal d'Henriette qu'il aimait assez, et qu'il trouvait très-gentille. En général son goût pour la dispute cédait toujours à la générosité de son cœur, et il finissait dès qu'il y entrait de la personnalité, ou changeait brusquement de sujet. C'est ce qui faisait dire au ministre qu'il était inconséquent, et que sa conversation allait par sauts et par bonds..... Le ciel lui tiendra compte de ses sauts et de ses inconséquences, disait Henri qui en connaissait la cause, ils prouvent que son goût pour la dispute n'est que dans son esprit, et n'arrive jamais jusqu'à son cœur.

---

## CHAPITRE XXI.

ANTONIE, comme elle l'avait résolu, observa de près son frere, et devint chaque jour plus incertaine sur ses sentimens. Quand les deux familles étaient réunies, et qu'elle voyait les regards qu'il jetait à la dérobée sur *Henriette*; quand elle entendait le ton de tendre respect avec lequel il s'adressait à *Henriette*, et l'espèce d'exaltation où le mettait sa présence, elle ne doutait plus qu'il ne l'aimât passionnément. Mais absent d'Henriette il lui paraissait si tranquille, il se donnait si peu de mouvement pour la rencontrer, il en parlait si rarement, qu'elle pensait alors avec un sentiment de joie ; je me trompais sûrement, il ne l'aime pas, il est impossible qu'il l'aime.

Cet état d'incertitude n'est jamais un état tranquille ; Antonie était sans cesse agitée : elle sentit enfin qu'il lui serait inutile de chercher à combattre la passion qui remplissait son cœur, et qui prenait chaque jour de nouvelles forces. Un jour elle était dévorée de jalousie, et le lendemain ranimée par l'espérance ; dans ses momens les plus tristes, Wilhelm venait auprès d'elle, prenait sa main, la serrait dans les siennes, l'appelait sa sœur, sa chere sœur ; son cœur alors se remplissait de la plus douce joie.

Oui, disait-elle quand il l'avait quittée, oui c'est de l'amour, me parlerait-il ainsi s'il ne m'aimait pas ? Il doit savoir que nous sommes destinés l'un à l'autre ; le bon oncle Henri qui ne lui cache rien le lui a dit bien sûrement.

d'ailleurs n'a-t-il pas pu le deviner? Je le sais bien moi sans qu'on me l'ait dit. Et s'il ne m'aimait pas, s'il ne me voulait pas, il ne serait pas si amical avec moi. La pauvre Antonie passait ainsi sans cesse de la crainte à l'espérance, de la douleur à la joie, n'avait plus la force de cacher ce qu'elle éprouvait; et sa tristesse était visible.

Qu'est-ce qu'a donc Antonie, demandait sans cesse le capitaine? Elle n'est plus la même, à peine la voit-on sourire, et souvent ses yeux sont pleins de larmes; elle n'est plus gaie que par momens, et retombe tout-à-coup dans sa mélancolie. Il le dit si souvent que Ferdinand y fit enfin attention; il chercha d'abord toutes les raisons qui peuvent attrister une jeune fille, et n'en trouvant point au moral qui pussent convenir à Antonie, il finit par croire que c'était des accès de vapeurs auxquels les femmes sont sujettes.

Il appella Wilhelm et lui donna la commission de distraire sa sœur et de l'égaier ; parle-lui de choses agréables, lui dit-il, de ces choses qui font toujours plaisir aux jeunes filles ; confie-lui par exemple que nous avons loué sa figure ; parle-lui de la blancheur de son teint, de sa belle main, de son bras arrondi ; dis-lui, que lorsqu'elle lève les longs cils noirs qui ombragent ses yeux, on croit voir le soleil sortir d'un nuage ; tu lui feras plaisir, j'en suis sûr, et en même tems il n'est pas mal que tu apprennes à dire aux femmes quelques jolis propos, sans rougir jusqu'au blanc des yeux, ou sans être devant elles comme une statue.

J'aime mieux que Wilhelm soit ainsi, dit Mad. Rosenbach, que s'il était un fade conteur de fleurettes.

En vérité, ma chere amie, dit Ferdinand d'un ton galant, si tu n'avais pas toi-même encore le plus beau teint du monde et la main charmante, je te croirais jalouse de ta fille. Sais-tu, mon frere, que dans sa jeunesse ma femme était citée pour la beauté de sa main; elle l'aurait parfaite, si les deux index n'avaient pas été un peu courbes.

— Courbes, mes index! que veux-tu dire? Voyez, mon frere, s'ils sont courbes, dit-elle en étendant deux mains encore assez blanches et assez fraiches; son mari éclata de rire, et son beau-frere aussi. Vous voyez dit le premier, qu'à tout âge une femme n'est pas indifférente aux éloges, ou au blâme sur sa figure. Vas donc, mon fils, vas faire un peu de bien à ta sœur en lui disant qu'elle est jolie.

Wilhelm fut auprès d'Antonie; il ne put se résoudre à louer sa figure, ce n'était pas sa manière; mais il lui dit tant de choses amicales, il lui montra un intérêt si tendre, un desir si vif de la distraire de sa tristesse, qu'elle reprit d'abord un peu de gaité. Il continua, ne la quitta point, et le troisième jour elle fut à merveille et tout-à-fait remise dans son état accoutumé.

La pauvre Antonie paya bien chèrement ce moment de bonheur, elle n'exista plus que pour l'amour; elle fut persuadée de celui de Wilhelm, et elle attendait avec une palpitation de cœur inouie l'instant où il lui dirait; je t'aime, Antonie, je veux être à toi, à toi pour jamais.... Mais cet instant n'arriva point, Wilhelm au contraire redevint plus silencieux au bout de quelques jours; la croyant tout-à-fait remise, il reprit ses habitudes, lui parla peu, ou lui parla du ton le plus indifférent.

Elle retomba alors dans la plus sombre tristesse, mais fit des efforts pour la cacher avec soin, parce que le capitaine lui dit *adroitement*, qu'il était bien aise que Wilhelm eut aussi bien réussi dans la commission qu'on lui avait donnée de chercher à l'égayer. Il sortit à ces mots ; Antonie resta clouée à sa place ; soupira profondément, et portant sa main sur son front ; chercher à m'égayer, dit-elle douloureusement ! C'était donc une commission qu'on lui avait donnée ; ce n'était pas de son propre mouvement ! Ils étaient tous inquiets de moi, lui seul ne s'apercevait pas de ma souffrance ; il avait besoin d'un ordre, d'une impulsion étrangere pour venir consoler une fille malheureuse !

Elle se leva lentement, et la tête baissée elle alla cacher sa douleur dans sa chambre ; un torrent de larmes soulagea son cœur oppressé. Non, dit-elle, non je ne veux plus faire souffrir ces excellens amis ; je ne veux plus qu'ils donnent commission de m'égayer. Elle ne voyait devant elle que douleur et désespoir ; mais pour n'y pas succomber entierement, elle prit le parti de tout renfermer en elle-même, de se faire un espèce de bonheur idéal dans son imagination, et de vivre comme dans un songe. Elle alla se promener seule à la chapelle de la comtesse Elisabeth ; elle la trouva ouverte et y entra ; là, tout ce que le capitaine lui avait raconté de l'histoire de cette femme courageuse, et de l'enfance de Willhelm lui revint à l'esprit ; dans un mouvement d'enthousiasme elle tomba à genoux devant le monument, et collant ses levres brûlantes sur le marbre glacé de la statue : Oui, dit-elle, j'en fais le serment, comme toi je saurai aimer, mourir, et me taire ! Tu aimais aussi sans être aimée, inspire-moi ton noble courage. Elle se releva ensuite, et sentit une force surnaturelle ; son chagrin dévorant, son amour malheureux, tout fût renfermé dans le secret de son cœur ; elle ordonna le sourire à ses levres, elle défendit les larmes à ses yeux, et ne se les permit pas même dans la solitude, pour ne pas amollir son ame. Douce, sereine, patiente, occupée du bonheur de tout ce qui l'entourait, personne ne put se douter du poison lent qui la consumait en secret.

Mon frere, disait Henri, notre Antonie est douce comme un agneau, c'est moins une fille qu'un ange. Si j'étais un jeune homme, je sens que je pourrais l'adorer jusqu'à l'enthousiasme; il semble qu'elle appartient déjà à une meilleure vie, qu'elle jouit déjà du bonheur céleste, elle n'a plus aucun desir des choses de la terre.

— *Ferdinand.* Comment, mon frere, aucun desir! dit-tu bien vrai, comment sais tu cela ?

— *Henri.* Oui c'est bien ainsi; quand elle me regarde avec ces beaux yeux qui semblent chercher mon cœur, et ce sourire céleste, je lui demande; bonne Antonie, dis-moi ce que tu veux? Desire-tu quelque chose? Tu n'as qu'à dire; quand je devrais faire dix mille à pied pour aller te le chercher, si c'est possible, tu l'auras. Alors elle m'embrasse et me dit; j'ai votre amitié, mon cher oncle, je ne desire plus rien, plus rien du tout.

— *Ferdinand.* Rien du tout.... elle ne desire rien!...... mais dis-moi, mon frere, est-ce l'éloge d'Antonie que tu fais en disant cela?

— *Henri.* Oui sûrement, mon frere, quel plus bel éloge peut-on faire de quelqu'un, que de dire, qu'il ne desire plus rien sur cette terre, et que sa patrie est dans le ciel.

— *Ferdinand.* C'est suivant de qui on parle. J'ai dit moi-même mille fois de toi, mon frere, ce que tu me dis d'Antonie, que ton cœur était si pur, ton esprit si serein, ta bonté si parfaite,

faite, que tu paraissais ne pas tenir à l'humanité et habiter déja le ciel ; mais c'est que tu as su faire descendre le ciel jusqu'à toi, et que ta patrie est encore au milieu des hommes que tu aimes, et à qui tu désires tous les bonheurs. C'est ce qui te donne à la fois ce calme intérieur, et cette bienveillance universelle. Mais si tu étais jeune, cet enthousiasme t'aurait donné de l'orgueil et de l'intolérance.

— *Henri.* Le ciel m'en préserve.

— *Ferdinand.* Tu aurais été généreux, fier avec tes supérieurs ; affable et exigeant avec tes inférieurs ; courageux et téméraire dans le danger. Mais si tu n'avais rien voulu, rien désiré, comme tu le dis d'Antonie, j'aurais dit alors de toi ce que je te dis d'elle. Ce n'est pas un bon esprit qui donne cette indifférence, c'est....... c'est le diable en personne, et nous devons chercher à l'exorciser.

— *Henri.* Mais mon frere, comment peux tu parler ainsi de cette pauvre jeune fille ? je te dis quelques mots sur sa douceur, et tu appelles cela.... avoir le diable !

— *Ferdinand.* Tu penses que je ne m'apperçois de rien parce que je n'ai pas l'air d'observer les gens avec qui je vis ; il faut peu de chose quelquefois pour éclairer ; ne puis-je pas juger sur un seul verre de vin, si tout le vase qui le renferme est bon ou mauvais? Faut-il pour cela le boire en entier ? Je ne sais point ce que font mes voisins, j'ignore et veux ignorer tous les commérages ; mais je puis quelquefois juger le cœur humain sur de légers symptômes, et je te le répéte encore à présent, que si notre Antonie ne désire rien au monde, si elle est indifférente à tout, ou prétend l'être, il faut qu'elle soit possédée d'un mauvais esprit que nous devons chasser. Fais la venir, et tu verras, tu entendras si je n'ai pas raison.

— *Henri un peu effrayé.* Ce soir..... Elle n'est pas ici, elle est à la prairie où l'on fait les foins; mon frere, prends garde à ce que tu veux faire.

— *Ferdinand.* Les jeunes gens doivent avoir un désir, une volonté; s'ils n'en ont point, c'est qu'ils manquent d'une force morale, ou physique, choisis lequel tu voudras.

— *Henri.* Ordinairement, mon cher frere, tu as une foule de suppositions pour soutenir ce que tu avances; cette fois tu ne me présentes que deux alternatives, aussi cruelles l'une que l'autre.

— *Ferdinand.* J'en suis fâché; c'est qu'il s'agit de quelqu'un qui nous intéresse, et que je ne veux dire que l'exacte vérité, je ne puis sortir de là. Si Antonie est triste, elle doit pleurer; si elle est gaie, elle doit rire;

si elle ne fait ni l'un ni l'autre, il y a là dessous quelque mystere qu'il nous faut pénétrer.

Dans ce moment la porte s'ouvrit, et Antonie entra dans la chambre. Ferdinand toussa comme pour se préparer. Le capitaine se leva d'un air inquiet, il alla ouvrir la bible qui était sur la table, et appelant son frere il posa son doigt sur ce passage du vieux testament. „ Et le Roi David dit à son capitaine, traite doucement le jeune Absalon. „ Ferdinand lui serra la main et dit à Antonie de s'approcher ; il jeta en silence un regard scrutateur sur elle. Antonie lui répondit par un sourire triste qui le désarma tout à fait ; il voulut commencer son examen par une foule de questions. Elle les écouta avec un respect et une douceur touchante. Il sécoua la tête, et après une pause, il lui fit un reproche assez piquant sur le premier objet de peu d'importance qui lui vint dans l'esprit.

Elle répondit avec tristesse, mais avec une patience angélique, ne s'excusa point, et promit de se corriger, et se recommanda à l'indulgence de son grand-pere. Le capitaine n'y put tenir plus longtems; pour la premiere fois il s'emporta contre son frere. Mon dieu, lui dit-il, tu lui fais tort Ferdinand, tu es injuste, elle n'est point coupable de ce que tu lui reproches. Le trésorier dit avec émotion; que le ciel ait pitié d'elle si elle peut supporter une injustice sans se plaindre et sans se défendre; mon cher enfant, lui dit-il, je te crois bien malade. Elle fondit en larmes et dit à voix basse, comme involontairement; Ah! oui jusqu'à la mort.

Son grand-père la pria de lui confier la cause de son mal, ou de son chagrin. Elle persista à dire qu'elle l'ignorait elle-même. Le capitaine avec toute la force de son attachement se joignit à son frere pour la conjurer de leur ouvrir son cœur..... Alors toute en larmes elle se jetta dans les bras de Ferdinand, comme pour y chercher un refuge contre les prieres du capitaine. — Mon frere, dit-il, ne peut-il pas y avoir des choses que la vertu, l'honneur, la délicatesse ou l'humanité ordonnent de taire ? Si je t'ai deviné, ma bonne Antonie, fais-le moi connaître par un signe. Elle baissa les yeux, et prononça un *oui* bien bas.

— Eh bien! ma fille, tu peux garder le silence; mais n'oublie pas qu'il faut que la vertu te l'ordonne, elle seule a des droits au-dessus de ceux d'un pere.

Antonie releva les yeux, et regarda son grand-pere avec assurance.

Dieu te bénisse, mon enfant, lui dit-il, oui je le vois, tu te tais parce que tu le dois...... Mon frere, rendons hommage au courage de notre enfant.... Encore un mot seulement, Antonie, il est beau de cacher sa douleur, mais il serait plus grand encore de la vaincre. Antonie, mon frere t'aime, il verse des larmes d'affliction sur tes peines; rends-lui son bonheur et sa paix. Relève toi avec fierté, retrouve toi-même la paix et le bonheur. Tu le peux si tu le veux sincérement, et ton oncle qui t'aime si tendrement ne sera plus affligé.

Antonie à ces mots se releva avec une noble attitude, le nuage sombre qui couvrait son charmant visage parut se dissiper; elle essuya ses yeux, s'avança vers le capitaine, et lui baisa la main qu'elle appuya ensuite fortement sur son cœur.

Bonne Antonie, lui dit-il d'une voix émue, et elle se jetta dans ses bras. Elle pria ensuite son grand-pere avec instance de se taire sur toute cette scène.—Il le lui promit, elle sourit et sortit de la chambre d'un pas plus assuré qu'à l'ordinaire.

— Quel affreux chagrin, dit Henri en soupirant !

—*Ferdinand.* Que parles-tu de chagrin ? Je dirais presque comme toi tout-à-l'heure ; si j'étais un jeune homme, j'adorerais cette jeune fille, quand je ne l'aurais vue que comme elle était là à l'instant, se relevant avec un noble courage, et secouant les chaînes de la douleur. Mon frere, dans cette minute, j'ai reconnu la petite fille de mon Antonie, c'était la même grandeur, la même fierté, ce maintien noble et libre, ce regard assuré......

—*Henri.* Ah! si seulement je savais...

— *Ferdinand.* Ce n'est pas ?...... mais que serait-ce que..... mon frere n'as-tu pas remarqué........ chez ces jeunes gens...... il y a toujours un pendant au chagrin d'une jeune fille..... N'as-tu rien observé de tel chez Wilhelm ?

— *Henri.* Non, je ne crois pas d'avoir rien remarqué.

— *Ferdinand.* Serait-il possible qu'il fut parfaitement indifférent pour Antonie ?.... ou que..... mon frere, ne disons mot encore de nos projets ; peut-être sont-ils en bons train, peut-être aussi plus éloignés que jamais; et un mot dit mal à propos pourrait les anéantir. Mais dès ce moment examine Wilhelm; c'est un obstiné qui joue avec le malheur, et qui s'imagine que l'homme ne doit pleurer que de joie..... Je suis persuadé qu'il y a là dessous quelque tour d'adresse de l'amour ; il est rare qu'avant vingt-cinq ans on mette beaucoup d'importance aux évènemens de la vie qui ne tiennent pas à l'amour. Ah! si seulement Wilhelm avait pu voir Antonie là dans mes bras, et tombant dans les tiens ! s'il avait été indifférent à ce spectacle, je lui aurais dit ; va, un sang glacé coule dans tes veines !

— *Henri.* Mon frere à sa place je l'aurais déja aimé quand le malheur la rendait si intéressante. Est-ce qu'un cœur brisé ne mérite pas aussi de l'amour ?

— *Ferdinand.* Oui sans doute, mais il y a plusieurs espèces d'amour.

*Fin du Tome second.*

www.ingramcontent.com/pod-product-compliance
Lightning Source LLC
LaVergne TN
LVHW020607110826

845149LV00002B/392
* 9 7 8 2 0 1 4 4 7 6 3 0 9 *